世話焼き男の物作りスローライフ

Sewayakiotoko no monodukuri slow life

悠木コウ
Yuki Kou

Illustration 又市マタロー

MAIN CHARACTERS
主な登場人物
デルバード
ユータの父。
エーベルの街を治める伯爵。
しっかり者だが親バカ。
エレノーラ
ユータの母。
ブロンドの髪の美人。
お菓子や紅茶を好む。
ユータ
本編の主人公。
日本から転生した元おじいさん。
家族思いの世話焼き。
魔導具の発明に挑戦する。
アイリス
ユータの妹。
遊び盛りで元気いっぱい。
甘え上手。

アニス
伯爵家お抱え商家の娘。
ユータの発明品に興味を持つ。
???
不思議な空間
『記憶の図書館』に現れた男性。
ユータの前世を知る。
カイル
ユータの兄。
剣の腕前は大人顔負け。
どこまでも脳筋。
ニーナ
伯爵家に仕える
心配性なメイド。
ユータを我が子のように思う。

プロローグ

自分が生きている今を、夢かもしれないと思うことがある。

だが、これは紛《まぎ》れもなく現実だ。

人として日本で生き、そして老衰《ろうすい》で息を引き取った。それが約八十年生きた、湖上優太《こがみゆうた》としての記憶。

そしてどういう訳か、自分は見知らぬ世界に新たな生を受け、ユータ・ホレスレットという名を与えられた。

運が良いことに、とある都市を治める貴族の次男として生まれ、家族から可愛《かわい》がられている。

この世界には魔法や魔物というものが存在する。

文明の発展度合は地球の中世ヨーロッパ辺りかと思いきや、当時の地球にはなかったはずの物があったりもする。

世界が違えば文明の発展の仕方も、進化の形も違うようだ。新たな発見ばかりの第二の人生は、七年が過ぎた今でも尚《なお》、心躍る毎日だ。

しかし、第二の人生も良いことばかりではない。

この世界の貴族には必要不可欠な魔法を、自分は全く使えないのだ。

魔法を使うには魔力が必要だ。魔力自体は自分の身体にもある。

体内を「何か」が流れている感覚があり、その「何か」は自分の意思で動かすことができる。例えば、腕の中にあるそれを、足の爪先まで動かすことなど、造作もない。

家族が言うには、その「何か」が魔力なのだそうだ。

普通はこの魔力が、詠唱文というものを唱えることで体外に放出され、魔法に変わる。

しかし自分の場合、何故か何度詠唱しても発動できない。

これは魔法適性というものがないのが原因らしい。簡単に言うと、自分には魔法を扱う才がないのだ。それは魔法を使うことが一般的であるこの世界では少々異端だった。

更に悪いことに、自分が魔法を使えない〝無能〟であることが、社交界デビューの日に知れ渡ってしまった。それが約二年前のことだ。

当時五歳だった自分は前世の記憶の整理ができておらず、転生したことも理解できていなかった。

性格も今より年相応のもので、魔法が使えなくても不思議でも不便でもなかった。

そんな状態でも、幸先《さいさき》の悪いスタートを切ってしまったことは肌で感じられた。

共に社交界デビューした者や他の貴族達から嘲笑《ちょうしょう》され、陰口も叩かれた。

魔法適性が全くない者など相当に珍しく、貴族であっても出世は望めない。

できて当然のことができないのだから、差別の対象になる。

だが、両親はそんな自分に失望したりせず、他の兄や姉、妹と同様に愛情を注《そそ》いでくれた。兄弟も家族として認めてくれている。

そのことで、より一層家族を好きになったのは言うまでもない。

彼らがいなかったら、自分の第二の人生はきっと散々なものになっていたことだろう。


今日はいつもより早く目が覚めた。起床《きしょう》まで時間があるので、改めて自身の境遇《きょうぐう》を思い起こしてみたのだが、七年も経てば違う世界にも順応するものだと実感していた。

窓から差し込む日の光を浴び、身体を覚醒《かくせい》させる。

軽く伸びをした後、ベッドから出て身体を軽く動かした。もう少しで朝食だ。

自分はパンより米派なのだが、残念ながらこの世界で米はまだ見たことがない。

といってもホレスレット伯爵家《はくしゃくけ》が治める都市、エーベルの中に限った話だが。

世界は異なるが、日本にあった物を、この世界で見かけることも多い。

書物を読んだり、実際に街へ出てみたりして判明した。

なので、米も何処かにあるとは思うのだが、今は見つかっていない。

考え事をしながら身体を動かしていると、ノックの音が届いた。

「おはようございます、ユウ様。朝食のお時間となりましたのでご起床ください」

この声はニーナだ。

ホレスレット家に仕えるメイドの一人で、使用人の中では一番話すことが多い。

本名はユータだが、彼女のように、自分のことを「ユウ～」と呼ぶ人もいる。母さん、姉さん、そして妹達がそうだ。

「着替えてから向かう」と返事をし、身じたくを済ませるとドアを開けた。

「お待ちしておりました。それでは、参りましょうか」

自分は戻っていいという意味合いで返事をしたのだが、ニーナは廊下で待っていた。

少々言葉足らずだったようだ。

「待たせてごめんね」

「いえ、私が勝手に待たせて頂いたのですから、お気になさらないでください」

「ありがとう」

今では見慣れた彼女の青い髪だが、前世と比較するとやはり珍しい色をしている。

彼女に限らず、この世界の人は髪色が大層鮮やかだ。

ちなみに自分は父の髪色を受け継いで銀色である。

「それじゃあ、行こうか」

ニーナに一言告げて一階に下り、ダイニングルームへ向かう。

後ろを付いて来ていた彼女だが、ダイニングルームに差し掛かった所で、前に出て扉を開けてくれた。

中へ入ると、既にデルバード父さん、エレノーラ母さんとカイル兄さんの三人がテーブルについていた。

セレア姉さんと妹のアイリスはまだ来ていない。

「おはよう」

朝の挨拶《あいさつ》をしてから席についた後、遅れて姉さんとアイリスがやって来た。

全員が揃ったところで、食事が始まる。ホレスレット家の食卓は堅苦《かたくる》しくなく、賑《にぎ》やかだ。

こうして他愛《たあい》のない話をしながら家族と食べるのは、今の人生の楽しみの一つである。

「そうそう、ユウ。魔導具《まどうぐ》に関する書物がいくつか手に入ったから譲るわ。後で私の部屋にいらっしゃい」

食事が終わるやいなや、エレノーラ母さんがそう言ってきた。紅茶のカップを持ちながら微笑む母の姿は、絵にしたくなるほどの美しさがあり、とても四人の子を持つ母親には見えない。

淡い緑色をした瞳も、腰まであるブロンドの髪も、母さんの美貌《びぼう》を引き立てている。

そんなエレノーラ母さんは、お菓子や紅茶を好んでいる。

「ありがとう、母さん。後で取りに行くよ」

自分はそう返すと、ダイニングルームから自室に戻った。

母さんの部屋に行く前に、少しやらなくてはいけないことがあるので、早速その作業に移る。

自分には伯爵家の次男として誇るべき能力がない。セレア姉さんや妹のアイリスのように魔法を使えたり、カイル兄さんのように剣術に優れていたりということがない。

それ故《ゆえ》、自分は伯爵家に相応《ふさわ》しくないのでは、といつも後ろめたさを感じてきた。

家族は無能と呼ばれても愛してくれているが、優しくされると尚更、自分も得意分野を見つけて、家のために何かしたくなる。

そこで考えついたのが、前世で集めた様々な知識を使い、この世界にない便利な物や楽しい物を作製しようということ。

それが自分の考え出した家族への恩返しだ。

幸い好奇心旺盛《おうせい》だった自分には多くの知識がある。加えて、元々誰かのために何かをすることが好きだったので、その延長だ。

本音を言えば、前世でももっと誰かの役に立つことをしたかった。しかし、年を取ってからは身体にガタがきてしまい、どうしても思ったようには動けなかった。

やり切れなかったことが心残りだったが、今の身体ならそれができる。

その最初の一つとして、アイリスのために絵本を作製中だ。妹のためだと思うとやる気が湧《わ》いてくる。

紙はそこまで高価ではなく、庶民でも簡単に買える。

しかし、安くなったのはここ最近の話だ。

高価だった頃、紙は専《もっぱ》ら歴史書などの教養を育てる本に使われ、読み手も貴族に限られていた。

そのため、大衆娯楽である小説や絵本といった類《たぐい》の書物は全く存在しなかった。安くなった今もその文化が強く根づいており、文芸書などはまだ見かけない。

科学ではなく魔法が発達しているので、その影響もあるのだろう。

魔法があれば火をつけるのも水を生み出すのも、風を起こすのも簡単にできる。

その結果、この世界の人々は魔法に頼り切っている。地球の電力が、この世界では魔力に置き換わっている訳だ。

魔法は非常に便利だから、人は工夫をしなくなってしまう。

魔法があるから、地球では古くからあったような発明もなされないのだろう。

自分から見れば、世の中はチグハグな状態になっている。

「ここで一旦《いったん》切り上げようかな」

小一時間ほど机に向かい絵を描いた後、椅子から降りて背を伸ばした。

幼い身体は筋肉疲労《きんにくひろう》の回復が早いので、節々《ふしぶし》の痛みがなくて快適だ。

歳を取ると立ち上がるのも一苦労で、転んだだけで骨折する危険もあったから、安全や健康にかなり気をつけていた。今は健康体なので、少々気が緩んでいる。

せっかく前世の知識を受け継いでいるのだから、今から健康に気を遣った方がいいかもしれないな。

だが、その前に魔導具に関する書物を受け取りに行かなければ。

ずっと待たせるのは悪いので、一階にあるエレノーラ母さんの部屋へ向かった。

魔導具を作れれば、一層家族の役に立てるだろう。

第一話　妹と絵本

一階に下り、エレノーラ母さんの部屋へ到着した。

親しき仲にも礼儀あり。たとえ家族の部屋であっても、入る前にはノックをする。

両親から受けた躾《しつけ》の通り、母さんの部屋に入る前にノックをして声をかけた。

「母さん、ユータだけど。今いいかな」

「ええ、いいわよ」

部屋にいたメイドがドアを開けてくれたので、中に入ると礼を告げる。

「ありがとう、メイベル」

腰まである緑色の三《み》つ編《あ》みを揺らし微笑みを返す彼女に頷き、椅子に座って紅茶を飲んでいる母さんのもとへ行く。

母さんはカップをソーサーに戻し、口を開いた。

「ユウが欲しかったのは魔導具の専門書だったわよね。カミラに持たせてあるのがそうだから、確認して頂戴《ちょうだい》」

先ほどドアを開けてくれたメイベル以外にもう一人、カミラというメイドがおり、彼女は数冊の書物を抱えていた。それが件《くだん》の魔導具に関する本か。

カミラは膝《ひざ》を折って、本がよく見えるように自分の目の高さに差し出してくれた。

今の自分は百三十センチほどで、しゃがみこんだカミラにさえ見下ろされるほど、背が低い。前世では年老いても身長が百七十センチはあったので、女性に見下ろされることはなかったなと感慨深く思う。

「どうかなさいましたか?」

「カミラは背が高いなって……ごめん、気にしなくてもいいよ」

苦笑交じりに告げた後、簡単に書物の確認を済ませた。

確認が終わるとエレノーラ母さんは、カミラとメイベルに本を部屋まで持って行くよう頼んだ。

一人で持っていけるのに何故二人に頼んだのかと考えていると、母さんに呼び止められた。

「どうしたの、母さん」

「えっと、そうね……最近、調子どう?」

「うん、母さん、何を思ってそのセリフをチョイスしたのかな?」

最初こそぎこちなかったが、その後は無理をしてないかとか気負わなくていいとか言ってきた。

いつもなら物の受け渡しはメイドに頼むだけだが、今回自分をわざわざ部屋に呼んだのはこの話をしたかったからのようだ。

それに対し、無理はしてないとはっきり伝えると、母さんは納得していないような表情をした。

何かできないかと考えているようなので、今のままでも十分に良くしてもらっていると伝えて部屋を出た。今度お菓子でも作って持っていこう。

変に気を遣われても困る。魔法が使えない自分にこんなに良くしてくれるのだから、自分は幸せ者だ。

前世の知識を使った家族への恩返しはまだ始めたばかりだ。

絵本を作ろうと思ったのも数日前だ。もう少しで完成なのだが、他にも作りたい物や作りかけの物がある。中でも気になるのが魔導具だ。

自分は既に文字の読み書きができる。

どのような原理か分からないが、自分はこの世界の言語を脳内で日本語に変換して読むことができる上に、日本語で書いた文字は様々な言語へ変換された。

魔法が存在するのだから、この力もおかしくはないのかもしれないが、それでも少しばかり異質だ。

何はともあれ、この謎能力のお陰で読み書きには苦労しない。

そしてその能力を使って書斎《しょさい》にある書物を読み漁《あさ》っていた時に、魔導具の存在を知った。

簡単な情報しか書かれていなかったが、魔導具は魔導言語を刻むことで作る、という一文が載っていた。

詠唱ではなく、書いた文字を使うのであれば、自分にもどうにかできるかもしれないと思いつき、魔導具作製をしてみたいと考えるに至った訳だ。

さて、今一度自分の置かれている状況を振り返りつつ自室に戻って来たのだが、誰かがいる気配がする。

カミラとメイベルとは先ほどすれ違っているのでその二人ではない。ドアを開けて部屋へ入ると、案《あん》の定《じょう》、ある人物が机の前の椅子に座っていた。

「アイリス、また抜け出してきたの？」

部屋にいたのは妹のアイリス。年齢は自分の三つ下の四歳で、何かにつけてこの部屋にやって来る。

「これな～に？」

机に置きっぱなしにしてあった作製途中の絵本を指差し、アイリスは可愛らしく首を傾《かし》げた。

エレノーラ母さんと同じブロンドの髪がふわりと揺れる。将来、母さんのような美人さんになるだろう。

「それは絵本だよ。アイリスのために作ってたんだ」

絵本を作っていたことは隠していた訳ではない。

できれば完成してから見せたかったのだが、バレたのならば教えてもいいだろう。

「絵本って？」

「絵本っていうのはね、……なんて言えばいいんだろう。えっと、可愛らしい絵のついた物語のこと、かな？」

「……？」

アイリスのような幼い子供でも分かる説明が、咄嗟《とっさ》には思いつかない。

そもそも、絵本が存在していないのだから当然だ。定義を説明しても意味がないし。

「とある国のお姫様が怖いドラゴンに連れ去られて、それを王子様が助け出す、みたいなお話を絵にした本、で分かるかな？」

とりあえず、今作製中の絵本の内容を説明してみた。

魔物の中でもドラゴンは、知らない人がいないほど有名だ。

アイリスでも知っているだろうと思い、ドラゴンを登場させた絵本を作っていた。

「面白そう！」

理解してもらえるか少々不安だったが、無事通じたようだ。

可愛らしい笑みを浮かべて作製途中の絵本を眺めている。

「まだ作っている途中だから、完成したら教えるよ。だから、まだ見ては駄目だよ？」

「うん、分かった！　楽しみにしてる！」

無垢《むく》な笑みを浮かべる様は子供らしく可愛らしい。

その後、アイリスと一緒に絵を描いていると、セレア姉さんがやって来た。

そういえば、アイリスが抜け出てきたことをすっかり忘れていた。

「やっぱりここにいたのね、アイリス。今はお勉強の時間よ」

「いや～！」

「わがまま言わないの！」

ズンズンと迫る姉さんから距離を取ろうと、アイリスは椅子を降りて自分の後ろに回った。

アイリスは勉強から逃げ出して、よく自分の部屋に来る。

勉強と言っても簡単な読み書きの練習程度だ。すぐ終わるのだが、やはり子供は勉強が苦手らしい。

自分が絵本を作っていたのは、そういうことも理由だったりする。

「ユウもアイリスに何か言ってよ」

「う～ん、そうだね……今日は勉強をお休みにしてもいいんじゃないかな？　ここのところ毎日勉強だったたから、アイリスも疲れてるんだよ」

セレア姉さんが助けを求めるように言ってきたが、自分はアイリスを庇《かば》った。

「明日になったら僕がなんとかするから。ね？　今日だけは休みにしてもらえない？」

「……はぁ、分かったわ。お母さんに今日は中止にするって伝えておくから、明日は絶対に勉強させてよね」

「ありがとう、セレア姉さん」

なんだかんだ言って甘い姉さんに、肩をすくめて礼を言っておく。

姉さんが部屋を出ていき、ようやくアイリスが兄《自分》という盾から出てきた。

「アイリス、後でセレア姉さんに謝っておくんだよ？」

「……は～い」

拗《す》ねた返事をするアイリスの頭を撫《な》でる。勉強は嫌いだがセレア姉さんは好きなようで、二人はかなり仲がいい。

このままでも仲直りの必要すらないだろう。気分屋のアイリスだが、今まで喧嘩《けんか》らしい喧嘩をしているところを見たことがない。

先ほどまで拗ねていた妹だが、もう上機嫌にお絵かきを再開している。

そんな妹の様子を時折窺《うかが》いながら、自分は魔導具製作書を読み始めた。

※　※　※

魔導具とは、素材となる道具に魔導言語を刻《きざ》み、世界に溢れている魔力を用《もち》いて様々な現象を引き起こす物の総称。

道具に魔導言語を刻むと魔導具、衣服なら魔装《まそう》となる。全てを魔導具と呼ぶと紛らわしいので、便宜上《べんぎじょう》使い分けている。もちろん全てを魔導具と呼んでも間違いではない。

魔導言語とは、魔力がこめられた文字列のことだ。通常、魔導言語を書く際には古代人が用いていた魔導文字を使う。

魔導具を作製するには魔導文字の使用が必須《ひっす》だが、どの文字がどんな力を持つのか全て解明された訳ではない。

魔導文字を物に刻むと、体内から魔力が吸い取られ、その魔力によって文字は力を持ち、刻まれた文字通りの現象を引き起こす。

我々が普段使用しているアドルリヒト語も、魔力を注ぎながら刻むと魔導言語になる。しかし、基本的にアドルリヒト語は、魔導文字に比べ一単語あたりの文字数が多いため、魔導文字を用いた方が効率が良い。

更に、魔導文字を刻んだ魔導具とアドルリヒト語を刻んだ魔導具とで能力の比較をしてみたところ、圧倒的に魔導文字を用いた方が優れていたという実験結果もある。そういった理由から、アドルリヒト語で魔導具を作るのは推奨《すいしょう》しない。

アドルリヒト語でも魔導具を作れたことから、他にも文字に力を与えられる言語があると考えられているが、判明していない。

魔導具を作ること自体はさして難しくないが、そのためには魔導文字と、それを使った言葉の解読が必要だ。

この書物を目にし、魔導具を作らんとする同胞《どうほう》達よ。君達の活躍を期待している。

※　※　※

「ふぅ……」

重要なことは大体理解できた。

魔導具を作るには、素材となる道具に魔力をこめた文字を刻めば良い。

要約すればそれだけのことだ。

そして、文章の合間に魔導文字の一覧が載っていたが、その数は膨大だった。

じっとそれを見つめていると、ある変化が起きた。なんと、ただの記号にしか見えなかった文字が脳内で翻訳され、どの文字がどんな意味を持っているのかを理解できるようになったのだ。

我ながらすごいと思うのだが、この力のせいで自分は魔法を使えないのでは？　と邪推《じゃすい》してしまう……いや、もっとポジティブに考えよう。

この力のお陰で魔導具を作れるかもしれない！　そう、こういう考えでいいんだ。

現存する魔導具は少なく、王族や貴族、大商人などが持っているらしい。

書物の記述にもあったように、この世界の一般的な言語であるアドルリヒト語でも魔導具は作れるのだが、その性能は魔導言語で作った物に大きく劣る。

どれほどの差があるのかは明確に書かれていなかったが、推奨しないと書かれていたからには、アドルリヒト語で作った魔導具は使えないと見ていいだろう。

ちなみに、アドルリヒト語は現代日本に置き換えるなら標準語のようなものだ。

取り敢えず、自分はこの書物にある魔導文字を理解することができた。それが重要だ。

早速実際に刻んで魔導具を作ってみたいところだが、お絵かきをするアイリスを放っておく訳にもいかない。

魔導具は一人になった時に作ろう。その前に絵本の仕上げをしなくてはいけないかな。

「ユウ兄さま、絵描けた～」

「おっ、上手く描けてるね。流石《さすが》アイリスだ。でもね――」

アイリスが見せてくれた紙には、微笑むセレア姉さんが描かれていた。

だが、少々姉さんらしくない箇所もある。

「――この頭部にある二本の突起《とっき》は何かな？　それに背中から翼《つばさ》のような物が生《は》えているんだけど？」

「セレア姉様にプレゼントするの～」

「え、ちょっと待って！　絶対怒られるよ！」

制止の声など聞こえないかのように、アイリスは部屋を出ていった。

「走ると危ないよ！」

去り際のアイリスに慌てて告げる。さすがアイリスと言うべきか、僅《わず》かな時間でもう階段に差し掛かっていた。

階段を駆け下りる音が聞こえる。さて、妹は何分後に帰《逃》って《げ》て《て》来るのか。

第二話　魔導具製作

一人になったので作業を再開し、一時間と掛からず絵本を仕上げた。後は今度アイリスが来た時に読み聞かせるだけだ。

ちなみに絵を渡しに行ったアイリスは現在庭で遊んでおり、セレア姉さんと追いかけっこを楽しんでいる。

案の定怒られて、逃げた先が庭という訳だ。危険のないようにメイドが一人付き添っているので、問題はないだろう。

何はともあれ絵本は完成した。次は魔導具製作に移りたいと思う。

渡された専門書の内、一冊は読み終えたので、まだ手を付けていない本を開いた。

最初は実用的な本という体裁《ていさい》だったが、章が進むにつれ、魔導具の歴史や魔導言語についての考察、力を持つ魔導文字の組み合わせ等、話が脱線していた。

語りたいことが多いらしく、後半は著者の魔導具への愛がびっしりと書き記されていた。

先ほど読んだ本がしっかりした物だっただけに、驚いてしまった。

それでも、世に出回っている魔導具については刻むべき文字が記されていたので、それを参考にして同じ物を作製することにした。

物作りのために取っておいた布を机に持ってきた。

今から作るのはマジックバッグという名の魔導具だ。袋の中に異空間を生み出して、そこへ物を仕舞う道具らしい。

随分と便利そうな魔導具だが、危険はないのだろうか？

そう思いながら記述を読むと、どうやら命ある物は収納できず、尚且《なおか》つ一定以上の重さの物は仕舞えないのだとか。

マジックバッグの作製方法に目を通すと、『異空間作成』『生物の収納を禁ずる』『収納容量は百キロ』という魔導文字で書かれた三つの文言が読み取れた。

この言葉を布の内側に刻み袋を作ると、魔導具になるらしい。

パソコンのプログラミングと似たような理屈だろうか。

このような魔導具を作るまでに、どれほど年月がかかったのか見当がつかない。

マジックバッグは過去の文献を基《もと》に作製に成功した物らしく、現代の研究者達はこの文字の意味を理解できないようだ。

そのようなことが記されていた。

魔導具は扱いを間違えれば非常に危険だとも書かれている。意味の分からない言葉をつなぎ合わせ、しらみつぶしに実験しているのだ。中には危険な語句もあるだろうが、それも刻むまで分からない。研究者が危険に思うのは当然だろう。

それでも魔導具の良さを書き連ねているあたり、魔導具に対する著者の並々ならぬ思い入れがひしひしと伝わってくる。

著者はハンス・アルペラードさん。

どうやら他の魔導具専門書も全てハンスさんの著書のようだ。それほど世に魔導具のことを伝えたかったのだろう。

最後のページに発行日が記されており、この本が出版されたのは三年前なのだと分かった。

先ほど読んだ本も確認してみたところ、こちらは二年前に刊行されたらしい。

「取り敢えず、魔導具を作ってみよう」

気合を入れるため、声に出してからペンを手に取った。白い大きな布を広げてその中心部分に文字を刻む。

刻まれた魔導言語は、魔導具となった本体が壊れなければ消えることはなく、文字を刻んだ本人の魔力によって消すことが可能らしい。

つまり、マジックバッグとなった袋を切ったりしなければ、ずっと魔導具として使い続けられるということだ。

初めての魔導具作りなので慎重に、そして書物通りの文字を刻む。

まずは日本語の『異空間作成』という文字を思い浮かべ、それを魔導文字で布に刻みたいと念じる。すると、腕が自然に魔導文字を書き始めた。

勝手に手が動くという感じではなく、あくまで自分の意思で動かしている、といった感じだ。

今ではもう慣れたが、初めてこの力を使った時は驚いた。馴染みのないはずのアドルリヒト語がすらすら書けてしまったことに仰天し、思わずペンを投げてしまった。

文字を書くにつれて身体から徐々に力が抜けていく。

この世界では、身体を動かすにも魔力が不可欠と言われている。たとえるならば、血液と同じように体中に流れているイメージだろうか。

この魔力が一定ラインを下回ると、身体を守るために強制的に魔力の排出が止められ、気を失ってしまう。

これを魔力切れと呼び、魔力が減っていく過程で気分が悪くなることを魔力酔いと言う。

自分はこの現象を今まで起こしたことがない。

魔力の操作はできるが魔法は使えないので、魔力酔いを起こすほど魔力が減ることがなかった

のだ。

しかし、今その現象が我が身に起きている。

自分の魔力量がどれほどなのかは分からないが、体感的には一文書いただけで三割は消費した。

「はぁ……はぁ……頭痛い」

一旦ペンを置き、痛みを抑えるように頭に手を当てた。

魔力消費がこれほど辛いものだとは知らなかった。書物に今一度目を通して、魔導具を作るにあたり、どれほどの魔力が必要なのか調べてみる。

「え⁉」

つい大きな声を上げてしまった。

読み飛ばしていたところに「魔導言語を一文刻むのに消費する魔力は、平均的な魔法使い十人分の魔力量に匹敵《ひってき》する」と記されていたのだ。

一番大事な部分を読み飛ばしてしまったことも驚きだが、自分の魔力量が結構規格外かもしれないことの方が驚きだ。

それに加え、魔導具の作製が全く行われない理由も判明した。

本来であれば魔導具製作には相当な時間、あるいは人数が必要なのだろう。

更に、高度な知識が必要なので作製できる人も限定されるという。著者のハンスさんもさぞ優秀な魔法使いなのだろう。

減った魔力は時間と共に回復していく。その回復速度は人によって異なるが、二日から三日経てば消費された魔力は完全に元通りになる。

魔力保持量は人によって差があるらしいが、魔力を消費すればするほど増えていくとされている。例えば、魔法の練習をずっと続けていると、魔力保持量も増えていくのだ。

なので、今日はこのまま魔導具製作で魔力を使い切れば、魔力の保持量が増幅されるだろう。

日本語と比べると魔導文字は一単語あたりの数が多い。アドルリヒト語はその魔導文字よりも多いのだが。

先ほど『異空間作成』の文字を刻む際消費した魔力量から計算すると、残りの『生物の収納を禁ずる』『収納容量は百キロ』を刻む分の魔力までならギリギリありそうだ。

頭痛と戦いながら残りの文字を刻んでいく。それにしても、これが魔力酔いという現象なのか。

「頭痛い……頭痛薬の作り方調べておけばよかった……」

悪寒《おかん》に耐えながら独り言を呟く。現在は生まれ変わる前とは違い、年相応の言葉遣いになっている。

意識して幼い話し方にしたお陰で慣れてきたのだが、時折子供らしくない口調になってしまう。

確か、生前の一人称《いちにんしょう》は年と共に変わっていったと記憶している。だが、今は七歳で親の目もあるので自分のことは「僕」と言うようにしている。

記憶があると言ってもこの一人称を恥ずかしいと思うほどではないし、そもそも生前の記憶に意識が引っ張られている訳でもない。

だが、それでも多少影響はあるので家族やメイド達からは、大人びていると思われているようだ。

まあ、妹のアイリスが生まれてからは兄らしく振る舞いたいということにして、前世の記憶のことは誤魔化《ごまか》してるが。

前世の記憶があっても今の自分はユータ・ホレスレットだ。もう、湖上優太ではないのだから、固執《こしつ》しても仕方ないだろう。

湖上優太の人生は満喫したのだ。これからはユータ・ホレスレットとして生きなくてはならない。

とまあ、頭痛を誤魔化すために色々と考え事をしていたが、痛いものは痛いのであまり効果はなかった。

ペンを手放し、子供らしく芋虫《いもむし》のように絨毯《じゅうたん》の上を這《は》いずり回っている。

十数分ほど芋虫を演じていると痛みは徐々に引いていった。動けるくらいになったので、最後に魔導言語を刻み終えた布を、袋状に縛った。これで魔導具マジックバッグは完成だ。

第三話　注がれる愛情

「本当に大丈夫ですか？　無理をなさっているのではありませんか？」

ニーナが心配そうな顔でこちらを見る。

マジックバッグを作った後、絨毯の上で眠っていたのを見つかり、ベッドに運ばれてしまったのだ。

「ちょっとはしゃぎ過ぎて無理しただけだから、少し休めばすぐ元気になるよ。心配してくれてありがとう」

ベッドに寝たまま、ニーナに告げた。

「それなら良いのですが……昼食は私が持って参りますので、今日はゆっくり休んでくださいね」

心配そうな表情を浮かべたニーナは、部屋を出るまでの僅かな間に何度も振り返る。

彼女があの様子なら、いずれエレノーラ母さんにも話が伝わるだろう。

申し訳ないと思いながら目を閉じる。そして、寝て魔力の回復に努《つと》めようと思っていたら、母さんが思いの外《ほか》早くやって来た。

「ユウ！　倒れたって聞いたけど大丈夫なの!?」

ノックをするのすら忘れて部屋に飛び込んできた母さんは、一目散《いちもくさん》にベッドに駆け寄った。

「母さん、心配かけてごめんなさい。ちょっとはしゃぎ過ぎただけだから、心配しないで」

ニーナから話を聞いてすぐに来てくれたのだろう。

まだニーナが去ってから数分しか経っていない。

「本当に、本当に大丈夫なの？　無理してない？　何か欲しい物があったら言ってもいいのよ？

そうだ、お歌を歌ってあげましょう！　牧場から市場へ売られていくかわいそうな子牛の歌なんだけど――」

「心配してくれるのは嬉しいけど、歌のチョイスには悪意しか感じないよ」

先ほどのニーナとは比べものにならないくらい、おかしな心配の仕方だ。

取り乱した姿を見ていると少し罪悪感が湧くが、こんなに自分のことを思ってくれているのだと思うと嬉しい。

売られていく子牛の歌は喜べないが。

「あら？　突然笑ったりしてどうしたの？」

「なんでもないよ。ただ嬉しかっただけだから」

母さんは焦っていたからか少し変だったけど、心配をしてくれたのは純粋に嬉しかった。

母さんの優しさが伝わって心が温かくなる。

「ちょっと疲れたから、少し眠るよ」

「そう、おやすみ。ユウ」

「おやすみなさい」

目を閉じると、母さんが頭を優しく撫でてくれた。

次第に微睡《まどろ》んできて、目を閉じてから意識を手放すまでに時間は掛からなかった。

こつこつと聞こえるノックの音で目が覚めた。

「ユウ様、失礼致します」

ニーナが昼食を持ってきてくれたようだ。

魔力はほぼ回復したようで頭の痛みが完全になくなり、軽くなった身体を起こしてニーナに声をかける。

「ニーナ。昼食持ってきてくれてありがとう」

「お目覚めになられたのですね、ユウ様。気分は良くなられましたか？」

「うん、もう平気だよ。心なしか身体が軽い気がする」

「それは良かったです。ですが、今日は安静になさってくださいね。無理をしては駄目ですよ？」

「これ以上、母さんやニーナに心配はかけられないし今日は安静にしておくよ」

「それでは、お食事が終わる頃にまた参りますので」

そうして、ニーナは部屋から出ていく。

その後、食事を終えてニーナに食器を持っていってもらい、自分は完成したマジックバッグを検証することにした。

机から袋を取ると再びベッドに戻って、身体を休めながら感触や使用感を確かめる。

魔導具になったからと言って布が別の素材に変化することはなく、見た目も変わらない。試しに、近くにあった枕をマジックバッグに入れてみた。

枕の方が大きいのだが、収納したいと念じながら袋へ近づけると、枕はゆっくり吸い込まれるように袋の中に入っていき、ものの見事に収まった。

そして袋を持っていると、収納した物が脳内に表示される。今は枕一つだけだ。

袋の中へ恐る恐る手を入れて、脳内リストの枕を取り出すことを想像しながら、掴む仕草《しぐさ》をして引っ張り出してみる。

すると、袋の中から先ほど仕舞った枕が出てきた。

その後、何回か他の物で試してみたところ、手で持てる物でなければ仕舞えないこと、仕舞いたいと思いながらでないと収納できないこと、何かを収納、または取り出すと魔力を極僅かに消費することが分かった。

他にもあるのだろうが、今判明しているのはこれくらいだ。

魔導具製作は倒れるくらい魔力を消費するので、次はゆっくりやるとしよう。

今回倒れたのは、魔力酔いを初めて経験したことが要因だったのかもしれない。

ゆくゆくは魔力酔いに慣れることも必要だろうか。

ともかく、魔導具が作れることは分かった。あとは試行錯誤しながらやっていくしかない。

魔導具は家族のためになるだろうが、それで心配させたら本末転倒だ。

「さて」

マジックバッグを机の引き出しに仕舞うと、次は何を作ろうかと考えながらベッドに身体を預けた。

「まずは、元気になることが先決か」

机に置いた絵本をぼんやりと見て、誰にともなく呟いた。

第四話　絵本

次の朝、身体は完全に元気を取り戻した。自分は子供の回復力を甘く見ていたようだ。

朝食も残さず食べることができたので、全快したと言えよう。今日はセレア姉さんに言ったアイリスの勉強を見る日だ。

昨日はあれから何も作らず――というより家族全員が心配していたので何もできなかった。

デルバード父さんがニーナに監視を頼んだらしく、彼女が何度か様子を見に来るため、安静にしていなくてはならなかった。

ずっと寝ているとに夜に眠れなくなるのでお菓子のレシピを書いたり、新しい絵本の内容を考えたり、魔導具専門書を読み返したりしたのだが、それでも時間は余ったので昨日は退屈だった。

「ユウ兄さま、アイリス勉強したくな～い」

いつものように部屋へ遊びに来たアイリスを可愛がっていると、子供らしいことを言い出した。

甘えるような仕草で可愛らしく言っても、勉強はしなくてはならない。

それにしても、こんなあざとい仕草をどこで覚えたのやら。

「そんな風に可愛らしく言っても、やめたりしないよ」

「や〜」

まあ、遊びたい盛りなのでこうなるのは仕方ないだろう。

そこで、絵本の登場となる。机の引き出しから昨日完成した絵本を取り出してアイリスに見せた。

「アイリス、これを見てごらん」

「昨日の絵本？」

アイリスは首を傾げて聞いてくる。しっかりと覚えていたようだ。

これがあれば、勉強が嫌いなアイリスでも退屈しないで文字を覚えられるだろう。

「そうだよ。昨日の絵本が完成したんだ。今日の勉強の時間はこの絵本を読んであげよう」

文章はアドルリヒト語で書いてあるので、絵本に興味を持てば自然と文字を覚えようとするはずだ。

「面白そう！」

先ほどとは打って変わって、元気な声で言ってくる。アイリスは興味を持ってくれたようだ。

我が家では、室内では室内用の靴を履《は》くので絨毯に座っても汚れる心配はない。

それにニーナ達、メイドがしっかりと掃除をしてくれている。

なので、自分も絨毯の上に座り込み、きらきらした目で見上げるアイリスに絵本を読み聞かせた。

※　※　※

あるところに、国中の人気者の、それはそれは可愛らしいお姫様がおりました。

お姫様は周りの人々から愛されて、毎日を楽しく暮らしていました。

しかし、その可愛らしいお姫様の噂を聞きつけた悪いドラゴンが、あろうことかお城からお姫様を連れ去ってしまいます。

その出来事に国中が大騒ぎになりました。

その時立ち上がったのが、お姫様と愛し合っていた隣国の王子様。

王子様は「僕が姫を助けに行きます」と王様に告げました。

すると、王様はそんな王子に先祖代々《せんぞだいだい》国に伝わる剣を授《さず》けたのです。

光り輝く剣を携《たずさ》えた王子は道中の様々な困難を退《しりぞ》けて、ドラゴンが棲《す》むお城へ辿り着きました。

なんとも恐ろしい雰囲気を漂わせるお城へ、迷わず入っていった王子。

王子を待っていたのは、お姫様を攫《さら》った凶悪な黒いドラゴンです。

ドラゴンはとても大きな身体をしており、大きな口で食べられてしまったら王子はひとたまりもありません。

ですが、王子はお姫様を救い出すため、恐怖を振り払いドラゴンにこう言ったのです。

「姫を攫った悪いドラゴンよ、我が剣によってお前を倒してみせよう！」

その言葉を聞いたドラゴンは受けて立ちます。

「そんなに小さな身体で何ができる。お前なんぞ、捻《ひね》り潰《つぶ》してやろう」

大広間の真ん中でドラゴンと王子はにらみ合い、ついに戦いが始まります。

ドラゴンの口から吐かれる大きな炎を王子は光り輝く剣で斬り裂き、今度は王子がドラゴンへ剣を振り下ろしました。

激しい戦いでドラゴンに追いつめられ、このままでは王子がやられてしまいます。

ドラゴンの後ろで牢屋に閉じ込められていた姫は、助けに来てくれた王子の勝利を願いました。

「お願いです、神様。王子を助けてください」

すると、姫の願いが通じたのか、光の剣が輝きを増しました。

その光は王子を包み込むと、なんと王子の傷を癒やしたのです。

今度はドラゴンが徐々に押されていき、やがて王子はドラゴンを倒すことができました。

悪いドラゴンを倒した王子は、姫を救い出し国へ帰りました。

勇敢な王子に国の人々は感謝して、王様も二人の無事を祝いました。

こうして、結ばれた二人は末永《すえなが》く一緒に暮らすことになりましたとさ。めでたし、めでたし。

※　※　※

絵本を読み終えると、アイリスは拍手をして楽しそうに言ってくれた。

「面白かった～！　王子様すごく格好良かった！」

話が始まるとアイリスは姿勢を正し、王子がピンチになった時は泣きそうになっていた。

どうやら楽しんでもらえたらしい。

作った甲斐《かい》があったというものだ。

しかし、カイル兄さんが読んだら色々と突っ込んできそうだな。

兄さんは剣術の修業をしているので、おかしなところを指摘してくるかもしれない。

そんなことを考えていると、アイリスが服を引っ張ってきた。

「ユウ兄さま、もう一回！　もう一回読んで！」

子供が絵本を読んでとせがむのはその人に甘えたいからという話を聞いたことがあるが、アイリスの場合は単に絵本が珍しいからだろう。

「分かったよ。そんなに焦らなくても、もう一度読むから安心して。それに何度も読み返したいなら、この絵本をアイリスにあげようか？」

「え、本当!?　アイリスにくれるの!?」

「うん、欲しいならあげるよ」

「わーい！　やったー！　ユウ兄さま大好き！」

子供というのは単純である。これで文字を覚えてくれるだろう。目的は達成だ。

それに、エレノーラ母さんやセレア姉さん、ニーナ達メイドに読んでもらえばもっと早く文字を理解するに違いない。

やはり絵本は誰かに読んでもらってこそだし、何度も読んだ方が文字を覚えるのも早いだろう。

自分も昔――前世だが――は絵本を読んで文字を覚えていた。

兄弟で取り合って読んでいたので途中でボロボロになってしまったが、それでも子供心をくすぐった。

眩しい笑みを浮かべるアイリスに、つい昔の自分を重ねてしまった。

「それじゃあ、もう一度読んであげるよ」

最初のページを開くと、先ほどと同じように読み始めた。

第五話　魔導具の可能性

「なあ、ユータ。アイリスに絵本というのを見せてもらったんだが、あれは本当にユータが作ったのか？」

伯爵家の広い庭で、街の警備団が鍛錬のために模擬戦《もぎせん》を行っており、そこに現在十一歳のカイル兄さんも交じっている。

その休憩中にカイル兄さんが絵本のことを聞いてきた。

自分は兵士の皆にタオルを渡したり、飲み物を配ったりしているところだった。

「その様子だとアイリスに読んであげたんだね」

絵本をアイリスにあげた時、誰かに読んでもらえばいいよと言い添えた。だからカイル兄さんに読んでもらったんだろう。

ちなみにアイリスが大層喜んでいたので、既に新たな絵本を描いている。

「ああ、何度も読んでくれとせがんできたからな。その押しに負けた」

自分も含め、兄は妹に弱い生き物である。

アイリスは可愛いから、無理もない。

カイル兄さんがシスコンにならないか、今から心配である。

「アイリスが勉強を嫌がっていたから、絵本なら自然と文字を覚えられるかもと思って作ったんだ」

ベンチに背を預けて休んでいる兄さんの肩を揉《も》みながら、そう答えた。

「もしかして、その絵本を作るために無理して倒れたんじゃないだろうな？」

カイル兄さんも自分を心配してくれる。

自分には勿体ないほど優しい家族だ。

「違うよ。一昨日《おととい》も言ったけど、遊びに熱中し過ぎて疲れただけだから」

魔導具についてはまだ伝えられない。最初に教えるならやはりデルバード父さんだろう。

薄々《うすうす》感じていたが、自分は前世の記憶を持っているだけでなく、それ以外にもおかしいところがある。

膨大な魔力を持っているにもかかわらず魔法適性がないことや、知らない言語を日本語に変換して理解できる力。

これらはおそらく普通ではないだろう。そもそも、火・水・雷・風・地・光・闇《やみ》・無の八魔法、どれにも適性がない人間はそういない。

書斎で読んだ魔法に関する書物にも、誰でも一つは魔法適性があるのだと書いてあった。

貴族の中には、二つや三つの適性を持つ者もそれなりにいる。

しかし、自分は全ての属性に適性がないのだ。

八魔法以外にも、水の派生である氷魔法や地の派生である鉄魔法などがあるが、それも使えないのだ。無能と言われても仕方ないだろう。

無能なはずの自分が魔力だけは桁外《けたはず》れにあり、更に言語を変換できる謎の力も持っている。

こんなことを父さんに正直に話したらどうなるだろう。

隠すことになってしまうけれど、父さんに伝えるのは今は魔導具を作れたことだけにしよう。

魔導具製作だけでさえ常人にはできないことなのだ。

もし父さんが魔導具を作れることを受け入れてくれても、世間は分からない。噂が広まったら、家族まで変な目で見られるかもしれない。

家族の役に立ちたいのに、迷惑をかけてしまうのでは本末転倒だ。

またも暗い方向へ考えてしまった。

このような考え方はやめなければ。どうせ自分にはどうしようもないのだ。

今は、この力を家族のために使えることを喜べばいい。

「ユータ、大丈夫か？　気分でも悪くなったか？」

考え事をしていたので、カイル兄さんの肩を揉む手が止まってしまっていた。

兄さんは振り向いて、自分を覗き込む。

「あ、いや、大丈夫だよ。ちょっとお菓子のレシピを考えていたら、熱中してしまって」

苦笑いしながら言葉を返した。

咄嗟に嘘をついてしまったが、悪意のあるものじゃないからどうか許して欲しい。

「そうか、少しでも体調が悪くなったらすぐ屋敷の中へ入れよ」

「うん、心配してくれてありがとう。あ、休憩はもう終わりだって。続きも頑張ってね、兄さん」

「おう、ありがとな」

ベンチから立ち上がり、兵士が既に集まっている庭の中心へ、カイル兄さんは小走りで向かった。

太陽に照らされて輝く兄さんの金髪が揺れる。

エレノーラ母さんのブロンド髪よりも綺麗なのだが、手入れが雑なのが非常に勿体ない。

カイル兄さんの金髪はセレア姉さんが羨《うらや》むほど美しい。

姉さんの銀色の長髪もいいと思うのだが、父さんからではなく母さんと同じ髪色が良かったと言っていたのを聞いたことがある。

カイル兄さんは容姿が整っていることも相まって、パーティーでは年の近い貴族令嬢から年配のご婦人方まで、幅広い層の視線を集めている。

まあ、その代償なのか分からないが、少しばかり頭が悪い。

一つ年下である十歳のセレア姉さんの方が断然頭がいい。

そのことを、兄さんは気にしていないようだが。

「ユウ様。病《や》み上がりですので、そろそろお屋敷の中へお戻りになられた方がよろしいかと……」

ベンチに座って模擬戦を見学しようと思っていたところ、後ろからメイドのカミラに忠告された。

季節は春。

風が心地よいくらいの気温なので、熱中症の心配はない。

自分は身体が特別弱い訳ではないのだが、一昨日魔力を使い過ぎて倒れたのを心配しているのだろう。

「分かったよ、カミラ。それじゃあ、後はよろしくね」

不安にさせるのは忍びないのでこの場はカミラ達に任せ、自分はおとなしく屋敷へ戻った。

時折行われる剣術の訓練は見ているだけでも楽しいし、勉強になる。

一年後には自分も参加しているだろう。


今は身体を作るために簡単な運動を行っている。走り込みと軽い筋トレといったメニューだ。

もっとハードに身体を限界までいじめ抜くと、超回復という現象によってより丈夫な身体になるらしい。自分も実践してみたかったが父さんから許可は出なかった。

我が家には無属性魔法のひとつ、治癒《ちゆ》魔法を使える人材がいるので、万が一何か起きたとしてもなんとかなると思ったのだが、自分にはまだ早いと言われてしまった。

その魔法を使うのはもちろん、自分ではない。

無属性魔法は適性を持つ人が他の魔法に比べて格段に多く、更に治癒魔法は初級なので覚えるのが簡単だそうで、メイドの皆さんは習得済みだとか。

自分はその無属性魔法にすら嫌われているのだが。

「あ、魔導具で魔法を使えたりって……」

デルバード父さんの執務室へ向かっている途中、そんなことを思い付き、つい声に出していた。

思わず周りを見回したが、誰もいなかった。

ただの呟きなので、聞かれたとしても、誰も自分が魔導具を作れると気づくはずはないか。

母さんも魔導具専門書を与えるだけで、自分が本当に作るとは思わないはずだ。

それにしても、我ながら良い考えが浮かんだ。

魔導文字を理解できたのだから、書籍に載っていないオリジナルの魔導具も作れるはず。言葉の組み換え次第で魔法を発動させる魔導具だって作れるだろう。

あくまで推論なので、実際に作ってみないと分からない。

しかし、可能性は非常に高いと思っていいだろう。

そう気づくと、早く魔導具製作を再開したいという思いが募《つの》る。

今すぐ自室に戻って取り掛かりたい気分だ。

しかし、既に執務室の前に到着してしまった。

魔導具のことは一旦隅に……いや、隣に置いておこう。

高ぶった気持ちを落ち着かせながら、執務室の扉をノックして中へ入った。

第六話　親バカと記憶の図書館

「それでは、失礼します」

父さんとの話を終え、自分は執務室から出た。

まずい、デルバード父さんは予想以上に親バカだった……。

父さんに魔導具を作ったと伝えたところ、何故か凄く褒めてくれた。

自分の言うことを疑ったりせず、魔導具を作る才能があったのかと手放しで何度も褒められるだけだった。

禿《は》げそうになるくらい頭を撫でられて、髪がボサボサだ。

持参したマジックバッグを見せたのだが「父親として誇りに思うよ」と言ってくれた。

もしかしたら、魔法も使えないのにどうしてそんなことができるんだと不審がられるかもと思っていたが、そんなことはなかった。

一応真面目な話もした。その内容は、魔導具を作れることはできるだけ隠そうということだった。

どうやら、魔導具の一般的な評価は低いらしい。そういえば、魔導具専門書で著者ハンスさんが熱く語っている中に、そんなことが書いてあった気がする。

その部分は斜め読みしてたから、うろ覚えだ。

魔導具が作れたとしても魔法を使えないのであれば、結局無能には変わりないということだろうか。

魔導具が認められていたのは過去のこと。現代では製作できる者がほとんどいないため、評価されないらしい。

魔導具とは少しばかり便利な物、というのが一般的な認識だそうで、先ほどまで深刻に思いつめていた自分が恥ずかしくなる。

父さんは一時期魔導具の研究に深くのめり込んだことがあり、だからここまで理解を示してくれるようだ。世間ではきっとそうはならないだろう。

本当にデルバード父さんの子供に生まれて良かった。

ともかく、これで大手を振って魔導具製作ができるし、それほど評価されていないなら、カイル兄さんやセレア姉さんにも自分が魔導具を作れると伝えられる。

変に考え過ぎなくてもいいのだと、改めて理解できた。

これからはなるべく前向きに考えることにしよう。

まあ、後ろ向きな性格はそう簡単に変わらないと思うが、時間と共に薄くなっていくだろう。

父さんと話してから数日後、模擬戦を終え休憩している兵士達から街や外の様子を聞き、近くにある村についての情報を手に入れた。

自分はこの街——エーベルから出たことがないから、外のことが分からない。もっと言えばこの街のことすらあまり知らない。

街に出る時はいつも護衛がいて、行動範囲に制限がある。故に、こういう情報はとても価値がある。

今回は街の生活水準について聞くことができた。

前々から思っていたのだが、この世界の生活水準は西洋の時代区分で言うと、中世に似ている。

しかし、中世よりも遅れている部分がある。その一つが水汲みの方法だ。村は疎《おろ》か街でも、井戸の水を滑車《かっしゃ》に吊るした釣瓶《つるべ》で汲《く》んでいるらしい。

魔法で水を出せる人は井戸に行く必要はなく、そうでない人達が井戸を使用しているのだ。

そういうものということになっていて、不便さを改善しようとは思わないのだろう。

そこで、手押しポンプがあればもっと楽になるのではないか、と思いついた。

手でハンドルを押し下げて水を吸い上げる手押しポンプだが、意外と簡単な構造だった……はず。

現在自室の机に向かい、手押しポンプの構造を紙に記そうとしているのだが、これがなかなか思い出せない。

仕方ない、その内思い出せるだろう。そう割り切り、図面ができてからのことに思いを馳《は》せた。

「鍛冶《かじ》職人は街にいるだろうし、銅や鉄、それに元の世界には存在しなかった金属類もあるから素材には困らないと思うな」

口に出すことで情報を整理し、ついでにポンプの構造を記憶の奥底から引き出そうとするが、一向に出て来る気配がない。

「職人にお願いするとお金がかかるし、図面があるからといってすぐにはできないだろうし……しっかりした物ができ上がる保証はない」

子供のお遊びだと思われて相手にされない可能性も、ないとは言い切れないのが辛いところだ。父さんに代わりにお願いしてもらったとしても、確実に成功するとは限らない。この世界にない物を作る以上、他人に頼むのは賭けになる。無駄な仕事を増やしてしまうだけかもしれない。

「あああぁぁあぁぁ……」

思わず机に突《つ》っ伏《ぷ》して意味のない声を出した。

手押しポンプの構造を思い出せず、作った後の方針もまとまらない。投げ出してしまいたいが、それでは皆のお荷物のままだ。

突っ伏したまま尚も諦めず思考をぐるぐると回転させ、目を閉じて視界からの情報を遮断する。

この時、突如《とつじょ》として久しい感覚が身体を流れた。

ああ、すっかり忘れていた。そういえば記憶を掘り起こす時に、頭の中に思い描いていたものがあったな。

前世でもそれがトリガーとなって、忘れかけていたことでもすぐに思い出せた。

その時はよくこうやって、邪魔な情報を遮断して思考を巡らせていた。

大丈夫、思い描くのは簡単だ。頭の中で絵を描くイメージ。

そうして、頭の中に描いた図書館の本棚から本を取り出して読めばいい。

それだけで、必要な記憶は掘り起こせる。

※　※　※

妙な感覚だ。何故か、身体がとても軽い。

まるで、自分自身が浮いているような……。

「って、浮いてる！　浮いてる！　本当に身体が浮いてる！」

目を開けた時、視界に広がるのは壁一面の本棚。

空中でバタバタと身体を動かして、どうにか地面に着地した。

「はぁ、口から心臓が飛び出るくらいびっくりした。それよりも、ここは何処なんだ？」

まだ心臓はバクバクとしているが、少し落ち着けば状況の異様さに気がつく。

汚れ一つない白色の壁が、自分を囲むように円形を形成している。

先ほどまで自分は自室の椅子に座っていたはずなのだが、今は長机の近くに立っている。

ひとまず、置いてある椅子の一つに座ってみた。

特に何が起きる訳でもなく、心なしか落ち着いてきた。

周りには本棚が林立《りんりつ》しており、見上げると二階と思《おぼ》しき壁にもびっしりと本棚が設置されている。

人は自分以外に見当たらず、この場を貸し切っているような気分になった。

「壮観《そうかん》だな……」

思っていたことをつい口に出していた。不思議なことに、ここが神聖な場だと直感した。

人の気配を感じないからか、自分のために作られたような空間だと思ってしまいそうになる。

そんな風に思うのは、この図書館に自分が魅了されているからだろうか。

「広過ぎる。圧迫感は覚えないな」

思ったことをそのまま口走ってしまう。まるで歯止めがきかない。それを疑問に思うが、そんなことより現状の把握が先だと考え、椅子から立ち上がると館内を歩き始めた。

「受付は見あたらないな。一度ぐるりと壁伝《づた》いに回ってみるか」

不思議な場所ではあるが焦りや恐怖は覚えず、どこか懐《なつ》かしい。

「こんな所、一度来れば忘れるはずないと思うんだけどな。どうして懐かしいと感じるんだ？」

ぶつぶつ呟きながら、円形の壁の周りを歩き続ける。壁には本棚が設置されており、並ぶ本の背表紙には何も記されていない。

ただ、白い本が茶色の本棚にずらりと置かれているだけ。

初めて見る光景なのだが、どうも自分は並べられている本を、懐かしいと感じているようだ。

「全く意味が分からないな」

そうして、自分一人には広過ぎる図書館をぐるりと一周するのに、二十分ほど掛かった。

それで分かったことが幾つかある。

まず、人は自分以外に見当たらず、窓も扉も存在しない。

次に二階への階段があり、見上げた感じでは一階と同じように壁一面に本棚があった。

そして、自分が最初にいた長机に、いつの間にか本が置かれていた。

あ、あと、身体が非常に軽いと思ったら、空を飛べるようになっていた。

「最早《もはや》、何が何だか……」

何処か分からない所へ来て特殊能力まで得たのに、焦りはない。そのことをおかしいと思いつつ、図書館の中央にポツリと置かれた一台の長机に自分は戻った。

そして、置かれている一冊の白い本を手に取って開いてみた。

「えっ、一体何が!?」

本を開いたその時、棚に並んでいる本の全てに色が付き始めた。

慌てて辺りをキョロキョロと見回す。見渡せる全ての本が変化した後、手元の本へ視線を落とした。

「記憶の……図書館？」

背表紙にも表紙にも、先ほどまで記されていなかったタイトルが書いてあった。

取り敢えず、『記憶の図書館』と書かれた本を机に置いて最寄りの本棚へ近づき、並んでいる本を一冊手に取る。それにもまた新しいタイトルが記されていた。

「『湖上優太の人生』。これは……自分の名前だ」

一巻と記されているその本を適当に捲《めく》ると、前世の自分がどのような体験をしたのか、その時どのようなことを感じていたのか、どんな言葉を口にしたのかが物語風に綴られていた。

本棚を見ると、前世の自分について記されている本が何冊も並んでいる。

持っていたその本を元の場所へ戻し、机の前に戻ると静かに椅子に座った。

「記憶の図書館、か。夢じゃあ……ないんだろうな」

持っていた本を机に置き、これが事実だと確かめるように呟いた。

「こんな出来事、突然過ぎて驚くしかできないよ」

苦笑交じりに口に出した言葉は、誰に届くでもなく消えていった。

記憶の図書館という場所に来て一時間は経っただろうか。

目についた棚の本を読み流しているのだが、只々懐かしいと思うばかり。

手に取る全ての本の内容を自分は知っており、まるで自分の記憶を振り返っているようだ。

この記憶の図書館は自分の——前世、湖上優太の——記憶や思い出を保管してある場所なのだろう。

本人でなければ知らないことが書いてあるのがその証拠だ。もし誰かがここに自分を連れてきたとしたら、意図《いと》が全く読めない。

脱出方法すら分からないのだが、やはり焦りや恐怖はないのが不思議だ。

「さて、どうしたものか」

せっかく宙に浮くことができるのだからと、空中浮遊で移動し本を元の場所へ戻す。

本を全て戻し終えた後、長机まで戻ると椅子に深く座った。

結局、思い出に浸ったことと、手押しポンプの構造を思い出せたこと以外、成果はなかったな。

読み漁った中の一冊に、ちょうど手押しポンプについて図と一緒に記されていたので、ここに来る前の目的は達成できた。

それは良かったのだが、今気になっているのは手押しポンプの構造ではない。

「そういえば、この本あれから開いてないな。何が書いてあるんだろう」

途中から開いたまま机に置きっぱなしにしていた、『記憶の図書館』という名の本。

この本のタイトルから、勝手にこの場所の名前も記憶の図書館だと決めつけてしまったが、まあそれはどうでもいいだろう。

最初に開いた時、この図書館が息を吹き返したような変化が起き、それに気を取られてこの本から意識が逸れてしまっていた。

まずは表紙をもう一度確認しようと思い、飾り気のない白い本を閉じた。

※　※　※

辺りを見回す。

物作りに使う布やら鉱石、魔物から採れる素材などが雑多に置かれた棚、シンプルながらも所々に細かな刺繍《ししゅう》が施されている白いベッド。

魔導具製作に関する本や歴史書、魔法書などが並べられている本棚と、服が仕舞われている白いクローゼット。

――ここは自分の部屋だ。

記憶はしっかりと残っている。つい先ほどまで白い建材で作られた出口のない図書館にいた。

そして『記憶の図書館』という本を閉じた次の瞬間には、自室に戻っていた。

あの空間に行く前と同じく、今の自分は椅子に座っている。

正直夢でも見ていたのではないかと思ったのだが、手元を見ると白い本を持っている。

タイトルは『記憶の図書館』と記されていた。

「夢じゃや、なかったってことか……」

タイトルを見つめたまま呟いた。

顔を上げて壁掛けの時計を確認する。

あの空間には、一時間ほどいたと思う。

だが、時計の針は一分ほどしか進んでいない。

自分の感覚が狂っているのか、夢だったのか、それともあそこでは時間の流れ方が違うのか。

また目を本に落とした。これが今ここにあるのだから、夢ではないだろう。

そして、この本を開けば何かが起きる予感がする。

ゴクリッと唾を呑み込んで、自分はゆっくりと本を開いた。

身体が一瞬軽くなり、どこかへ飛ばされていく。

次の瞬間には、『記憶の図書館』に移動していた。

「なる、ほど……」

どうやら本を開けばこの空間へ飛ばされるようだ。

辺りを見回し誰もいないことを確認した後、手元にある白い本を閉じた。

浮遊感の後、視界が切り替わり、自室へ戻った。

これで確定だ。

この本は記憶の図書館へ移動できる鍵のような物だ。

本なのに鍵とはこれ如何《いか》に。

魔法が存在する世界なのだからおかしなことではないように思うが、魔法ではあんな不思議な場所へ飛ぶことはできないはずだ。

無属性魔法の中には、離れた場所へ移動できる空間転移の魔法もあるが、それは転移先が行ったことのある場所でなければならなかったはずだ。

つまり、空間転移とは似て非なる謎の魔法なのだ。なるほど分からん。

時間に余裕はあるし、記憶の図書館には自分に関する——いや、前世の自分に関する書物があったのでぜひ調べてみたいところ。

そう思ったので、持っていた本を開いて早速図書館へ移動した。

検証しがてら、もう一度手押しポンプの構造を確認してこよう。

第七話　手押しポンプ

パイプやレバー、シリンダーなどの必要な部品を図面に起こした。

図面は完成した訳だがこれだけでは不安だ。

図面だけで本当にこの世界にない物が作れるものだろうか。自分で実際にポンプを作ってみた方が良いだろう。

そもそも、この街にある井戸がどんな種類の物かも分かってないな。

おそらく掘り抜き井戸だろうが、これは実際に見ておいた方が良い。

しかし、今から街に出たいと言っても許可は出ないだろう。現在の時刻は十五時半を回ったところ。

時間的にはまだ良いかもしれないが、自分は病み上がりの身だ。

街に出かけるのは明日以降にした方がいい。そうなると夕食までの時間、何をしよう。

「いやいや、魔導具製作は駄目だろう」

時間ができるとすぐに魔導具製作が浮かんでしまう辺り、反省の色がないな。

自分はすっかり魔導具に魅了されている。

このままでは魔導具を作ってしまう。意識を魔導具から逸らそうと椅子から立ち上がり、魔導具以上に魅力のある物を探し始めた。

「ああ、これは良さそうだ……」

棚に置いてあった魔導具の素材になりそうな、伸縮性のある布が目に入る。

そしてそれを手に取った瞬間、天使と悪魔が頭上に現れたような錯覚に陥った。

先に語りかけてきたのは少し高い声をした悪魔だ。

『キキッ、良いじゃねぇか。今のお前なら良さそうな魔導具が作れると思うぜぇ。さあ、頭に浮かんでいるソレを形にしちまえよ』

悪魔の言った通り今、頭には面白そうな魔導具が浮かんでいる。

手押しポンプ作りに必須の物だ。

つい流されそうになる思考を止めようと、今度は天使が語り掛けてきた。

『駄目よ。今は身体を休めなくちゃいけないの。あ、でも我慢はストレスが溜まってしまって逆効果かもしれないわ。そうね、バレなければ問題ないのだから、今思い浮かんでいる魔導具を作ってはどうかしら？』

あ、天使じゃない。これ両方とも悪魔だ。

葛藤《かっとう》した結果、魔力を使い過ぎなければいいだろうというところに着地し、黒い布と裁縫《さいほう》道具を机に並べる。

手の大きさを測って掌《てのひら》と甲、親指の大きさに布を切る。

手縫いなので面倒だが、しばらく針を動かし手袋ができ上がった。実験段階なので、装飾もしてないただの黒い手袋である。

そして、でき上がった手袋を裏返してそこへ魔導言語を刻む。ペンを取り、刻む言葉を思い浮かべ、手を動かした。

ポンプを作るなら鉱物の加工をしなくてはならない。

それには『物体変形』の力を持つ魔導具が必要だ。この手袋にその機能を持たせるべく、ペンを走らせる。

「あれ？」

魔導文字を刻むと魔力が吸い取られていくのだが、その感覚が一昨日とは違うように感じた。

自分の推測を裏付けるために、もう一つ言葉を刻んでみる。選んだのは『着用調整』という文言だ。これで手袋を着用した時、手に合わせて勝手に大きさが変わる。

「ああ、やっぱり」

推測は合っていたようで納得したように呟いた。

この感覚から察するに、自分の保有魔力量が増えているようだ。

一昨日だったらもう具合が悪くなっているだろうが、今はそこまでではない。

魔力は使用すればするほど鍛えられ、その人が使用できる総魔力量は増えるのだが――人によって差はある――一昨日と比べて明らかに魔力量が増えている。

消費した魔力が膨大だったから、大きく増強されたということだろう。

これならもう一文刻めるかもしれない。

少し考えた後、漢字とカタカナで『使用者制限：ユータ・ホレスレット』と刻んだ。

しかし、魔力を消費した感覚がしない。

「どういうことだ？」

魔力が消費されないということは失敗なのだろうが、そうなると今刻んだ文字は魔導言語として認識されていないことになる。

だが、ハンスさんの著書には、魔導文字とアドルリヒト語のどちらでも、魔導具を作ることは可能だと記されていた。

アドルリヒト語が使用できるのならば、別の言語も使用できるのではと考えて試してみたのだが、別世界の——おそらくこの世界では自分しか知り得ない言語では無理なのだろうか。

いいや、待て。大事な手順を忘れている気がする。確か、アドルリヒト語を魔導言語にするためには、ただ文字を刻むのではなく……。

「……魔力を注ぎながら刻むと、魔導言語になる」

自分は魔法を使えないが魔力の操作はできる。

ということは魔力を指先からペン先に乗せて、文字を刻むのと一緒に魔力を送れば、他言語であれど魔導言語として認識されるのではないだろうか。

「試してみるか」

体内を巡る不可視の魔力に意識を向けて、指先からペンの先へ注ぐ。

そして、先ほどと同様に、漢字とカタカナで『使用者制限：ユータ・ホレスレット』と刻んだ。

すると、魔導文字を刻む時と同じく、身体から魔力が消費されていった。

魔導文字に比べ文字数が格段に減り、魔力の消費量も魔導文字より明らかに少なかった。

それでも、魔力はかなり吸い取られている。

これ以上続けたら気絶してしまうだろう。

文字を刻むのをやめて、裏返していた手袋を元に戻す。

刻んだ魔導言語は『物体変形』『着用調整』『使用者制限：ユータ・ホレスレット』の三つだ。

最後のは自分で確認することはできないが、前の二つは確認できる。

手袋は右手と左手の両方を作ったのだが、右の手袋にしか魔導言語を刻めなかった。

明日になれば魔力は回復すると思うので、左の手袋には明日刻むとしよう。取り敢えず使用感を確認するために右の手袋を着用する。

すると、少し大きめに作った黒の手袋は、手を入れた瞬間に丁度良い大きさへ変化した。

これなら、何かのはずみで手袋がスッポ抜けるなんてことは起きない。

握ったり開いたりして感触を確かめた後、今度は『物体変形』の確認を行う。

「何の形を変えようか」

目に入ったのは前にある机。角《かど》が尖っているので、丸くしようと右手で触れてみた。

——が、机は何の反応も見せなかった。

首を傾げてしばし考え、おもむろに魔力を右の手袋に流す。

身体を巡る魔力は見えないが、認識は可能で、動かし方も自然と理解できる。

息をするように手袋へ魔力を流していき、そうしてようやく『物体変形』の効果が生じた。

尖っていた白い机の角は緩やかな曲線を描き、滑らかな形に変わった。

魔導具は魔力を用いて様々な現象を引き起こす物だと専門書に記されていたが、その通りだった。

これなら、素材さえ用意できれば、手押しポンプの部品を作れるだろう。

部品を作った後はデルバード父さんに全て任せてしまえばいい。

他の街と交易するもよし、図面を有料で公開して鍛冶師の人数を増やし、市内の経済を回すのもいいだろう。

これなら利益も出るので、父さんに無駄な仕事をさせることにはならない。

「ん？　利益は出ても、仕事を増やすと父さんの負担になるのでは？」

そうなると、それを放置して自分は他のことをするという訳にもいかないな。そこのところは父さんに聞いてからの方が良いかもしれない。

そうと決まれば、遅くとも明後日には、ポンプの作製に着手するとしよう。

満足気に頷いていると、ドアがノックされメイドのニーナが入ってきた。

「ユウ様、御夕食のお時間となりました」

「うん、分かったよ。すぐに行く」

今日は魔力があまり残っていないし、特にすることはなくなったな。

というか、あと少し完成が遅かったら魔導具を作ってたことがバレていた。

「具合は如何《いかが》ですか？」

「もう大丈夫だよ。心配いらないって」

「しかし、やはり心配ですので、ダイニングルームまで手を繋いで参りましょう」

有無を言わせずニーナは自分の手を掴んできた。やはり、彼女は少々心配性な気がする。

だが、微笑んでいるニーナに手を離してとは言えないのでそのまま部屋を出て、一緒にダイニングルームへ向かった。

第八話　兄と弟

カーテンを開けて、差し込んで来る朝日をしっかり受け止める。起きたばかりでも、こうして朝日を浴びることで目がぱっちりと覚める。

その後、ダイニングルームで朝食を食べ、部屋に戻って来た。

昨日作製した手袋型魔導具を両方揃えるため、机に向かって作業を開始する。

無事手袋は完成し、さっそくそれを使って今日はポンプ作りに着手する予定なのだが、生憎《あいにく》材料となる物が全くない。

そこで、デルバード父さんに頼んで集めてもらい、それを加工してポンプを作った。

その後、使い方とパーツの図面を書き記した紙を持って父さんの部屋へ行き、ポンプの話を切り出した。

結局外出は許されなかったので、井戸の実物見学はできず、複数のタイプを想定した図面を用意することで、その代わりとした。さすがにこのどれにも当てはまらない、ということはないだろう。

父さんははじめ驚いていたがそれ以上に褒めてくれて、市民のことを考えるのは貴族の義務なのだとも言われた。

後をどうするかはデルバード父さんに任せた。

そうしてやるべきことを終えたので、昼食の後は身体を作るため、運動をした。

筋トレはもちろん、前世の知識に基づいて我流で色んな技を繋いだりして、身体をとことん動かす。

といっても、近接格闘術のような実戦向きなものは浅い知識しか持っておらず、スポーツ格闘技の見よう見まねだ。

型にはこだわらないようにしておく。まだ実物を見たことはないが、魔物のいるこの世界で通用するように、自分の身体能力でできる動きをひたすら試してみる。

身体を動かし終えてからは、自室でアイデアをノートに書き連ねたり、新しい絵本を作ったりした。

数日はそうやって過ごした。

新しい魔導具を作ろうかなと思い始めた頃には、自分が魔導具を作れるということを母さんや使用人達が知ったようで、ニーナが時折監視に来るようになった。

魔導具は新たな実験も行っており、手袋は前より強化している。

今日作る予定の物は手袋のような作業用の魔導具ではなく、実戦にも使える身体強化の魔導具だ。

これが成功したら、次は危険から身を守る魔導具も作りたいところ。

ゆくゆくは魔法を使える魔導具も作りたいが、まずは目の前の魔導具からだ。

本棚から魔導具専門書を取り、目当てのページを開いた。

そこには指輪を魔導具にする方法がイラストと一緒に書かれていた。それによると、指輪には一文くらいしか魔導言語を刻めないそうだ。

指輪が小さいからなのだが、一文でも刻めるのであれば今回の目的には十分だろう。

「さて、何を刻めば良いのか」

身体強化と言ってもどの部位にするか。

最初だし、まずは腕力や脚力を上昇させる言葉を刻もうかな。

ポンプ作製の時の残りがあったので、鉄や銅を使用して自分の指に合わせた指輪を作り上げる。

「小さいな」

子供である自分の指に合わせたのだから、大人の物より小さくなるのは当然か。

そうなれば文字を刻むのは一層細かい作業なので、慎重に行わなければならない。

息を一つ吐いて気合を入れると、ペンを手に指輪の内側へ文字を刻み始める。

思い描いた言葉は『脚力上昇』。その意味を持つ魔導言語を慎重に刻んでいく。

漢字なら四文字で済むのだが、それでは文字が潰れてしまうのは明白だ。

これが漢字の難点だろうか。アドルリヒト語や魔導文字は一文字一文字が簡素な形なので潰れにくい。ただし如何せん文字数が多くなる。

英語とかその他の地球の言語で試してみるのも良いかもしれないな。

最初に漢字とカタカナで『使用者制限：ユータ・ホレスレット』と手袋に刻んだ時、実はかなり苦戦を強《し》いられた。

魔導文字は勝手に魔力を吸うので、魔力さえあれば誰でも簡単に書けるかもしれないが、他言語を魔導言語化する行為は、謂《い》わば魔力で文字を刻むようなもの。

魔力を上手く制御できない内は魔力が無駄に流れてしまうか、もしくは刻んだ文字を認識してもらえないだろう。

使用者制限が本当にかかっているのか、後で確認しないといけない。

よしっ、これでこの指輪は魔導具になったはずだ。

「ふぅ……」

短い時間で溜まった疲れを吐き出す。

早速無骨《ぶこつ》な鉄の指輪を右手の人差し指に嵌《は》めてみた。

「んー……なるほど、感覚で理解できるのか」

指輪を嵌めた途端、魔導具の効力が理解できた。

心なしか身体が軽くなったと感じる。だが、大幅に変わった訳ではなさそうだ。

これは推測でしかないが、魔力をどれぐらいこめたか、文字の丁寧さ、そして素材の何《いず》れかによって、魔導具は質や効力が変わるのだろう。

素材による違いを確かめるため、今度は銅を使って指輪を作り、先ほどと同様に『脚力上昇』の意味を持つ魔導言語を刻んだ。

そして鉄の指輪を外して、今しがた作った銅の指輪を嵌める。

すると、こちらの方が鉄の指輪より『脚力上昇』の効果を強く発揮すると分かった。

「本にもあったけど、実験してみないと分からないことが多いな」

指輪によって上昇した脚力は身体にすぐ馴染み、違和感はない。

これなら感覚が狂って転ぶようなことはないだろう。

万が一トラブルが発生した時のために、父さん達へこうした護身用の魔導具を渡しておこうかな。

備えあれば憂《うれ》いなしだ。

不意に朝食の場で聞いた話を思い出した。少し先の日に王都にあるエヴァレット公爵家で舞踏会があり、そこに招待されたのだそうだ。

出席するのはデルバード父さんとエレノーラ母さん、そしてカイル兄さんの三人だったはず。

今の王都は不穏な動きがあるらしく、若干の不安があるものの、招かれたからには繋がりを保つために欠席はできない。

人生、自分がこうして生まれ変わっていることも含め何があるか分からないので、用心に怪我なしだ。

ちなみに自分は二年前に一度だけパーティーに出席したきりで、その後は行っていない。

貴族という人種は常に自己の優位性を誇示したがり、魔法が使えない自分は格好の餌《えさ》だった。余り気乗りはしないが、ずっと欠席を決め込める訳ではないので、次回辺りには出席しなければならない。

嫌なことを思い出してしまったので、頭を振って思考を切り替える。

父さんや母さん、兄さんに魔導具を作るなら相応しい素材とは何なのか。

流石に宝石が余っているなんてことはないだろうし、自分がプレゼントとしてもらった物を魔導具にしてしまうのはまずい。

どうしたものか。

まだ舞踏会まで時間はあるので、それまでに考えておかなくては。

取り敢えず、今は上昇した脚力を確認しに行こうかな。

早速屋敷から出ると、カイル兄さんが庭で素振りをしていた。

「おう、ユータ。どうしたんだ？」

自分に気づいた兄さんは素振りを中断し、手を上げた。

「ちょっと魔導具の実験をするために運動をね」

「何するんだ？　手合わせなら俺が手伝うぞ」

「手合わせは遠慮願いたいかな……」

苦笑いしながら後ずさる。

兄さんと戦うなんて、考えただけでもぞっとする。首に死神の鎌を掛けられるようなものだ。

少し身震いをしてしまった。

「屋敷の周りを走るだけだから、兄さんは素振りを続けてくれていいよ」

「それなら、俺も走り込みに付き合おう」

「そう？　なら全力で走るから遅れないでよ」

「ほう？　言うようになったな。俺も全力で付いて行こうじゃないか」

軽く柔軟体操をしてから両手の指を地面について足を一足半の幅で開き、クラウチングスタートの構えを取った。

「なるほど、足と重心の位置に差が生じるから、加速がしやすくなるのか」

こと運動については勘がいい兄さんは、クラウチングスタートの利点を瞬時に理解した。

運動以外もその調子なら、今以上にモテるだろうに勿体ない。

カイル兄さんも自分と同じように、クラウチングスタートの姿勢を取った。

「先に一周した方が勝ちってことで。それじゃあ、行くよ……よーい、ドン！」

自分が合図したので少しフライング気味に走り出す。

右手の人差し指と中指に指輪が一つずつ嵌っており、それによって脚力が上がり風を切る。

午前に軽く走った時とは違いが明らかで、兄さんとの距離を徐々に広げていく。

しかし、途中で様子が変わった。兄さんは食らいつき、最初は広がる一方だった距離を一定のまま食い止めている。

自分は全力で身体を動かしているのに、距離が広がらない。

それどころかもうすぐ一周するという所まで来た時、兄さんが距離を徐々に縮めてきた。

本当に人間なのか疑わしい。

「なんで、距離が縮まるんだよ……！」

兄さんは四歳上で、自分より身体ができ上がっていると言っても普通の人間だ。魔導具により強化された走力に、追いつけるはずがない。

それなのに、兄さんは徐々に迫ってくる。正直恐怖を感じる。

段々息が切れてきたが、それに構わず最後まで全力で足を動かす。

あと少し——というところでカイル兄さんが自分を追い越し、勝負は自分の負けということになった。

「つく、はぁ……はぁ……おか、しいって……」

息も絶え絶えで庭に寝転がった自分とは異なり、兄さんはまだまだ走れそうな余裕の表情でこちらを見下ろしていた。

「それなりに健闘したようだが、まだまだ俺には及ばないな」

嬉しそうに爽《さわ》やかな笑みを浮かべ、カイル兄さんは告げた。

もし兄さんが魔導具を使用すれば、ドラゴンだって瞬殺できるんじゃなかろうか。

この世界には、冒険者という危険と隣合わせの職業がある。

魔物を倒しその素材を金銭に換えたり、護衛を請け負ったりすることを生業《なりわい》としている。

魔物の中で最強の種族と言われているドラゴン、その幼体《ようたい》くらいなら今の兄さんでも倒すことができるだろう。

冒険者の強さを示すランクというものがある。最低がFでC、B、Aと上がり、最高がSなのだが、兄さんはAに片足突っ込んだBランクくらいだ。

後は実戦の経験を積んでしっかり成長すればSランクの冒険者――災害指定クラスの魔物を倒すくらいにはなるだろうと自分は踏んでいる。

類まれなるセンスに加え、日に日に成長する身体。この伯爵家を継ぐのは兄さんなのだが、冒険者か騎士になりトップに君臨する方が似合いそうだ。

将来自分は兄さんの隣で仕事を手伝おうと考えているのだが、ちゃんと伯爵家を継いでくれるのか今から不安である。

兄さんが差し出した手を取って立ち上がった。

「兄さんは一体何を目指してるの？」

それとなく探りを入れてみる。

「んー……特に決まってないんだよな。ただ身体を動かすのが好きなだけで、家を継ぎたいとか騎士になりたいとかは考えてないな」

顎《あご》に手を当てて考える姿がこうまで絵になるとは。

この姿を肖像画にして、兄さんに思いを寄せる貴族令嬢に売りつけたらいい値がつきそうだ。

これで頭が良ければ完璧だった。そう思わずにはいられない。

ともかく、魔導具の実験は終わったので、疲れた身体を休めるべく自室に戻る。

兄さんはクラウチングスタートの練習をするためにまだ走り込むそうだ。清々《すがすが》しいほどの脳筋《のうきん》だな。

第九話　貴族として

カイル兄さんに庭一周の競争で負けた次の日、朝食を食べ終えてから日課になりつつある絵本の制作を進めた後、気分転換のため部屋を出た。

特に目的はなく、どうせならこのまま調理場へ行きお菓子でも作ろうかなどと考えていると、通りかかったドアの向こうから父さんと誰かの話し声が聞こえてきた。

「なるほど、井戸から水を汲みやすくする道具ですか。これは面白いですね。ですが、これが本当に売れるとお思いで……？」

「売れるさ。この街、いやこの国は魔法を使わなくともこなせる仕事が溢れている。むしろ魔法を使う必要のない仕事の方が多いだろう。それに魔力を少しでも節約しようとする者もいる。であれば、釣瓶よりも労力が掛からないこのポンプの有用性は高いと見ていい」

「ポンプの有用性に関しましては私もデルバード様と同意見です。しかし、売れるかどうかというのはまた別の話です」

「なに、心配しなくともこのポンプは売れるよ。なんといっても……この私の息子、ユータが作り出した物だからな！　たとえ売れなくても購入させる！　拒めば更に購入させる！」

「はぁ……またですか。デルバード様、このやり取り何回目か覚えておられますか？」

「三回目だと記憶しているよ。ま、安心してくれ。これが水を汲み上げる一回あたりの労力が、釣瓶と比較にならないほどなのは確かだ。まず、一、二箇所で試験的運用を行って反応を見る。本格的な相談はそれからだ」

「それがよろしいでしょうね」

ドア越しなので上手く聞こえないが、何やら手押しポンプについて商人のオビディオ・グリントさんと話をしているようだ。

そういえばグリントさんには自分と近しい年齢の娘さんが――。

「おや、誰かと思えばユータ様じゃないですか。お久しぶりですね」

――不意に呼びかけられてそちらを見ると、そこには件《くだん》の人物が立っていた。

彼女はグリントさんの娘、アニス・グリント。この街に店を構えているグリント商店の一人娘だ。

ホレスレット家のお抱え商店としてとても懇意《こんい》にしており、その娘のアニスとも顔馴染みである。

しかし、こうして会うのは結構久しぶりだったりする。

「久しぶりだね、アニス。それと、いつもみたいに話して大丈夫だよ。ここは公式の場じゃないからね」

「せやったら、楽にさせてもらうわ。いや〜、一応形だけはしっかりせんとあかんからな」

「いつものやり取りだけど、僕らは貴族と商人だからね。仕方ないよ。それにしても本当に久しぶりだね」

アニスと話しながら自分の部屋へ移動した。

すると、部屋に入って開口一番、彼女は告げる。

「実はな、ウチようやく商人として動けるようになってん。それを伝えよう思てユータを探しとったんや」

「だから、今日家に来てたんだね」

「ほんで、何や面白い物があるからって呼ばれてきたんやが、あれを作ったんがユータってほんまなん？」

「手押しポンプのことなら本当だよ」

「せや、そないな名前やったな。それについて今日はお呼ばれしたんよ。なんや、流通ルートの確認を前もってしてくれちゅう話や」

流通ルートの確認を今の段階で行うということは、もしかして他の街で売り出すつもりなのか？　あれから父さんに任せきりにしていたのでよく分からないのだが、職人に依頼してポンプを作り、設置して市民に感想を聞くところまで終えたとは思えない。さっき聞こえた話でも、そんなことを言っていたし。

そもそも手押しポンプの部品すら作れているのかどうか。

「なんやこれ！　ウチが遊びにこれへん間、こないおもろいもん作っとったんか⁉」

「ああ、目を離している間に好き勝手されてる……」

アニスは自分の部屋に来るといつにも増して落ち着きがなくなる。

商人の娘らしいというか、珍しい物に目がないようで、自分が作った物によく飛びついている。

「えらい、可愛らしい絵を描くんやな。これはこれで良いと思うんやけど、どういったもんなん？」

彼女が今手に取っているのは二冊の本。一冊はアイリスのために描いている絵本で、もう一冊は現在姉さんのために作っている漫画だ。

漫画の方は絵本以上にこの世界では馴染みがないから、読み方も含めてまだ実験段階だ。

そのことも含めてアニスに伝える。

「絵本と漫画か。漫画の方はなんや読みづらいけど、絵本の方はウチでも読めるわ。これ、どないするつもりなん？」

「次の目的ってこと？」

「そうや」

「んー、特には考えてないけど、娯楽をもっと広めることができたらな、とは思ってるよ」

「ふぅん、そうなんか……」

本に視線をやりながら彼女はそう呟いた。

何やら考え事をしている様子だけど、商人の娘として思うところがあったのだろうか。

「ま、ええか。今はこっちが優先やな」

考え事に区切りが付いたようで、彼女は本を持ったまま再び部屋を漁り始めた。

そうして、部屋で見つけた物についてあれこれ他愛ない話をしていると、ノックの音が響いた。

「こちらにおられましたか、アニス様。オビディオ様がお呼びですよ」

「話が終わったようやな。ほな、ウチはお暇《いとま》させてもらうわ。それじゃあまた、楽しかったで」

帰り際にそう言って、彼女はメイドに連れられ部屋を出ていった。

元々気分転換をするつもりで部屋を出たのだが、アニスと話して結構息抜きができた。

「あっ、そうだ！」

ふと、作りたい物のアイデアが浮かんだ。

人と話すと、発想やアイデアに影響があるようだ。

アニスと話していた時は思いの外リラックスしていたので、それも関係あるのだろう。

頭に浮かんだアイデアが消えない内にと、素材棚から必要な物を取り出して机に向かった。

第十話　魔導具による魔法の発動

これから作るのは、新しい指輪の魔導具だ。身体強化用だけでは心もとないので、もっと実戦向きの物にする。

とはいえ、父さんと母さんは魔法が得意なので、適度に補助する物がいいだろう。

鉄から指輪を二つ作り、魔導言語を刻む。

片方には地属性中級魔法の『アースキャノン』の魔法名を刻み、もう片方には水属性初級魔法の『アクアカット』を刻んだ。

そしてでき上がった指輪の実験をしに、庭へ出る。部屋の中で使えばどうなるか分かったものじゃないからだ。

辺りを見回して誰もいないことを確認した後……ふと気づいた。

「これ、どうすればいいんだ？　詠唱すればいいのかな？」

指輪に魔法名を刻んだものの、魔法をどうやって発動すればいいのか全く分からない。

取り敢えず、『アクアカット』を発動するために詠唱文を口にする。

「清浄《せいじょう》なる水刃《すいじん》を放て！　アクアカット！」

しかし、詠唱しても魔法は発動せず、体外へ魔力が流れることもなかった。

普段魔法の練習をしている時と全く一緒だ。

気を取り直して、『アースキャノン』の詠唱文を唱える。

「鳴動《めいどう》する大地の力よ、集《つど》いて吼《ほ》えろ！　アースキャノン！」

鳥が気持ちよさそうに空を飛び、鳴いている。魔法は不発に終わった。

魔導言語が文字に力を持つように、詠唱文も力を持っている。

正しい言葉を唱えると、魔力が体外へ流れていき、魔法が組み上げられる。

そうして魔法が発動されるのだが、自分の場合詠唱しても体外へ魔力が出ていかない。

これが魔法を使えない者に起きている現象だ。いや、自分以外にも魔法が使えない者はいるらしいのだが、まだ出会ったことがないので他の者にも当てはまるかは分からないのだが。

とある宗教団体が「魂が汚れており、神に見捨てられた者は魔法を使えない」と言っていたという記録があったのだが、さすがにそんな理由ではないだろう。言葉によって魔力を外へ流すために必要な回路が存在していないのではないか、と自分は推測している。

自分は魔力の操作はできるし、言葉に乗せることはできなくても外に放出することは可能だ。

そもそも、魔力がなければ生物は生きられない。何もしなくとも体内の魔力は体外へ放出され、そして自然界にある魔力が体内に吸収される。

こうして魔力は循環している。

なので、必要な回路が代替できれば、自分のような者でも魔法を使えるようになるはず。

今回は失敗に終わったが、おそらく魔法名を刻んだのが駄目だったのだと思う。

改善するため自室に早足で戻り、手袋に刻まれている『物体変形』の力で指輪を鉄に戻した。

鉄に戻ったことにより刻まれていた魔導言語が消え、指輪は魔導具ではなくなった。

そうして、また指輪を作ると今度は『アクアカット』の詠唱文を刻む。

もう片方にも『アースキャノン』の詠唱文を刻んだ。

詠唱文を刻むことにより指輪を回路とし、そこに魔力を注げば刻まれた魔導言語に従って魔力が魔法を象《かたど》る。

そうすれば、後は魔法名を口にするだけで魔法が発動するはずだ。

失敗したら、また違う方法を試せばいい。小さな指輪に何とか詠唱文を刻み、でき上がったそれを嵌めて再度庭へ出た。

そして体内に巡る魔力を指輪へ注ぎ込み反応を窺う。

すると、指輪に注がれた魔力は刻まれた魔導言語により形が明確になっていく。すかさず大声で告げた。

「アクアカット！」

まるで弾丸のように放たれた水刃は薄く広がり、誰もいない中空へ飛んでいく。

そして、しばらく進むと弾けて雨が降り注いだ。

降り注ぐ雨を目で追いながら、自分は高揚感で震えていた。

今まで使うことの叶《かな》わなかった魔法を、初めて発動させたのだ。

嬉しくないはずがない。

思いきりガッツポーズをして、自然と笑っていた。

だが、魔導具を介すると細かな制御ができないようだ。

本来であれば魔法と使用者は直接繋がっている。

しかし、自分の場合は自分から魔導具、そして魔法へと繋がっているので思った通りにいかない。

形を変えるのはまず無理だろう。

いや、魔力の操作がまだ拙《つたな》いからできないだけかもしれない。

考察はあとにして、もう一つの魔法も試そうか。

放つ先に誰もいないことを確認して、もう片方の指輪へ魔力を注ぎ込む。

注ぎ込まれた魔力が形になったのを見計らい、叫んだ。

「アースキャノン！」

魔力は鋭利《えいり》な土塊《つちくれ》に形を変え、芝生が広がる庭へ飛んでいく。

その時、視界の端から何かが飛び出してきた。

「ほっ！」

次の瞬間、放った土塊は細切《こまぎ》れにされ、風に乗って散っていった。

その先でカイル兄さんが木剣を振り切っているのが見える。

「嘘……」

あまりのありえなさに、口をあんぐり開けて呆《ほう》けるしかなかった。

「シンプルな形だが硬度はそれなりにある。注ぎ込まれた魔力の質が良かったのは、流石俺の弟といったところか」

兄さんは魔法を木剣で細切れにしただけでは飽き足らず、魔法ソムリエみたいなこともやってのけた。

数年後には魔法を食べて評価したりしそうだ。……冗談だが、あながちありえない話でもない。

「ていうか、いきなり出てきたら危ないよ！」

「悪い悪い、庭の周りを走っていたらアースキャノンが見えてな。つい斬りたくなったんだ」

この人おかしい。

つい魔法を斬りたくなる、なんてことあるのか？

「それより、魔法を使えるようになったんだな。適性がないと言われたにもかかわらず、諦めなかった気持ちが実を結んだのか」

満足そうに頷いているカイル兄さん。

そんなことはどうでもいいから、兄さんが持っている木剣を見せて欲しい。

「兄さん、その木剣ちょっと貸して」

「ん？　別にいいぞ」

兄さんに近づいて、木剣を受け取る。

魔導言語が刻まれている訳でもなければ、木剣に見せかけた真剣でもない。これで魔法を斬るなんて、どんな腕前だよ。

確認を終えたので木剣を返し、先ほどの魔法について補足する。

「言っておくけど、さっきの魔法は魔導具を発動させただけだから。僕自身はまだ使えないよ」

「なんだ、そうなのか。だが、それは魔法を使えることと同じじゃないのか？　これで、お前を無能と呼んだ奴らを笑えるな」

「無能と呼ばれても別にいいんだけどね。気にするだけ時間の無駄だよ。だから兄さんも気にしないでいいよ」

「いや、だが……分かった。ユータがそういうのであれば、無視するとしよう」

「それがいいよ」

兄さんは納得してくれたようだ。

今度の舞踏会には自分を笑った人達も来るだろうけど、兄さんをわずらわすのは忍びない。せっかくなのだから自由に楽しんでもらいたい。

屋敷へ戻る前に、魔導具のことを舞踏会で言いふらさないよう兄さんに約束させた。

兄さんは引き続き身体を鍛えるらしいので、自分は先に屋敷へ戻った。

第十一話　兄との手合わせ

数日後、でき上がった漫画――ジャンルは少女漫画だ――を姉さんに渡した。

その更に翌日、太陽が照りつける中、庭でカイル兄さんと手合わせをすることになった。

正直、僅かに恐怖を感じている。

何故なら、カイル兄さんは天性の才能を持っていて、そんじょそこらの大人の兵士では模擬戦の相手にもならないほど強いからだ。

今の時点でこれほど強いのだから、将来は英雄にでもなるのではなかろうか？

「それじゃあ、合図をお願いしてもいいかな」

メイドのニーナに声をかけた。合図をする人が必要だからと、カイル兄さんがニーナを呼んだのだ。

万が一に備えて、無属性の回復魔法を使えるメイドがいてくれると、自分としてもありがたい。

当然、兄さんの心配は全くしていない。自己治癒力も高いから。

「ユータと戦えるとは、いや～嬉しいな！」

刃を潰してある模擬戦用の剣で素振りしながら、カイル兄さんは楽しそうに言った。

剣を持っている兄さんに対し、自分は魔導具の黒い手袋をつけているだけ。

もちろん、魔導言語によって強化している。

真剣であったとしても掴めるばかりか、更に特殊な効果も付与している。

ただの黒い手袋だと思わせておけば、虚《きょ》をつけるだろう。

手を握ったり開いたりして、手袋の感触を確かめていると、カイル兄さんが聞いてきた。

「本当に武器は必要ないのか？」

「必要ないよ。僕はこの拳が武器だからね」

敢えて手袋のことは言わない。

付け焼き刃の剣術より、体術の方が得意なので剣対拳という戦いになった。

兄さんと自分がそれぞれ位置につくと、ニーナが確認するように頷き、開始を告げる。

「両者構えてください……それでは、始め！」

先手必勝とばかりに自分はカイル兄さんの懐に入り、腹部へ拳を突き出した。

と、見せかけ右足で足元の砂を蹴り上げる。

そして、その勢いのまま一回転してしゃがみ、足払いを繰り出した。

「硬っ！」

流れるように動けたのだが、その後に訪れたあまりの衝撃に、思わず叫んでしまう。

兄さんのバランスは全く崩せない。柱を蹴ったかのような硬さだ。

即座に距離を取って反撃を警戒したが、兄さんは落ち着いた様子で言葉を放ってくる。

「どうした、その程度なのか？　狙いは良かったが、それだけでは俺には勝てないぞ？」

砂で視界を塞いだ後に足払い、という流れは読まれていたみたいだ。

最初のボディーブローのフェイントが露骨過ぎたのかもしれない。

できれば、手袋以外の魔導具を使わずに有効打を一発当てたいのだが、かなり難しそうだ。

「来ないのか？　それならこっちから行くぞ！」

「くっ……！」

刃を潰してあるとはいえ、まともに食らえばシャレにならない。

どうにかして反撃に移りたいところだが、隙が見当たらず切っ先を避けることしかできない。

「ほらほら、どうした！　このまま逃げ続けるだけなのか！」

振り下ろし、なぎ払い、袈裟《けさ》斬り、と繰り出される様々な剣技。

挑発する余裕まであるのだから、兄さんは全力でも何でもないのだろう。

迫ってくる剣を掴もうと魔力を手に集めて腕を伸ばしたが、足で払われた。

構わず斬撃を躱して無理やり攻撃を挟む。当然だが、容易く弾かれてしまう。

ここまでで、一度も手袋に剣が触れていない。どうやら、ただの手袋ではないと気づいているようだ。

一度剣を掴もうとして以降、こちらが腕を伸ばすと全て足や腕で振り払ってくる。

「隠し玉の一つか二つは持っているんだろう？　使うなら待ってやっても良いんだぞ？」

兄さんが煽ってくるが気にとめず、猛攻をギリギリで躱し続ける。

そして、振り払われた剣をしゃがんで回避し足元の砂をこっそり掴むと、後方へ下がると同時に投げつけた。

「痛っ!?」

なんと自分が後方へ跳んだのに合わせて、兄さんは前に出てくると砂を被りながら横蹴りをしてきた。

地面を転がるもすぐに体勢を立て直す。痛む腹部を押さえながら咳き込んだ。

「ごほっ……ごほっ……っくっ！」

追撃を警戒し目を前に向けた時、兄さんが目を閉じていることに気づいた。

なるほど、砂を使うのは完全に読まれていた訳か。

搦《から》め手にもしっかり対応してくるとは、我が兄ながら恐ろしい。

「これ以上手を抜いたら、兄さんに失礼だよね。というか、このままむざむざやられたくない」

兄さんにも聞こえるように呟いて、右手の手袋を外した。

そして、ポケットに入れておいた指輪を付け、手袋を装着し直す。

「卑怯でも構わない。今から他の魔導具の力も使わせてもらうよ！」

目を開いた兄さんは、その瞳でしっかりとこちらを見ていた。

『脚力上昇』の魔導言語が刻まれた二つの指輪と手袋の魔導具。これらがあれば、兄さんに有効打を当てられるはずだ。

兄さん相手といえども『アクアカット』や『アースキャノン』を向けるのは危険だ。なので、今回は使用しない。

というより、兄さんには練度の低い魔法を使っても無駄だと思う。

指輪によって強化された脚力を駆使して兄さんの後方へ瞬時に移動すると、反応し切れていない兄さんの後頭部へ振りかぶった。

しかし、兄さんは凄まじい反射神経で身体を翻《ひるがえ》す。これでは逆にカウンターをもらってしまう。

だが、その驚くべき反射神経を予測していた自分は、即座に兄さんの顎に拳を叩きつける。

「よしっ、当たった！」

嬉しさのあまり声が出てしまったが、微《かす》かな違和感を覚えてすぐに後ろへ跳んだ。

そして、先ほど自分がいた場所へ一瞬遅れで裏拳が繰り出された。

あと僅かでも後ろに跳ぶのが遅れていたら、顔を直撃していただろう。

冷や汗が流れ、口内が渇くのを感じる。

「いい拳だったよ、ユータ」

余裕綽々《しゃくしゃく》に兄さんは告げてきた。

「だったら、もっと痛がってくれないと素直に喜べないよ……」

自分の突き出した拳は確かに兄さんの顎を捉えていた。しかし、堅牢《けんろう》な壁を殴ったかのように兄さんの顎は動かなかった。

腕力の上がる魔導具を作っておけば良かったと今になって思う。

今着用している手袋は、魔導言語を刻んであるとは言え、作業用に変わりはない。

——もし、腕力を強化する手袋でもつけていれば、勝負の分かれ目になる一打になったかもしれなかったのに。

そんなことを考えたが、あの壁を殴ったような感覚を思い出すと、それでも無理かもしれないとも思う。

「じゃあ、今から俺も本気を出そうかな」

その言葉に、苦笑しながら呟いた。

「うわぁ、死の宣告だぁ……」

爽やかな笑みを浮かべる兄さんは刃引きされた剣を握りしめ、身体の重心を落とした。

次の瞬間、砂煙が巻き上がり、開いていた距離が一瞬で縮まった。

辛《かろ》うじて袈裟斬りが繰り出されるのは分かったので、防ごうと魔力を手に集め、腕を前に出す。

そして、剣にどうにか触れ『物体変形』によって刃の向きを変えることに成功したが、その後に繰り出されたミドルキックが脇腹に見事に決まり、流れる景色と共に自分は意識を手放した。

前からそう思っていたけど、兄さんは化け物じみてるよ。

第十二話　平和な食卓

「起きて早々どうしたんだ？」

「無理」

戦ってみてよく理解できた。

兄さんに力だけで勝つのは絶対に無理だ。魔導具に頼っても勝てないのだから。

気絶から覚め、その思いを呟いた次第である。

そもそも自分は、剣術の訓練すらまだやっていないのだ。

精力的に運動をしてきたから少しは太刀打《たちう》ちできるのではと思ったが、甘かった。

まあ、今回は兄さんが強く言ってきたので手合わせしたが、それがなかったらそもそも戦っていなかった。

……いや、でも魔導具を使えば勝算があるかもしれないと思ったのも少しある。自業自得だな。

今この部屋にいるということは、兄さんが自分を運んでくれたのだろう。

気絶してからどれくらい経ったのか聞いてみたところ、一時間も過ぎていないと教えてもらった。

立ち上がろうとしたら少しだけフラフラしたので、もう一度眠ることにした。

「ユウ様、夕食のお時間となりました」

ニーナの声で自分は目を覚ました。

ダイニングルームに向かい、テーブルについて食事を取る。

食後のアイスクリームを食べていると、デルバード父さんが口を開いた。

「舞踏会の開催が一週間後に迫ってきた。近頃王都の治安《ちあん》が悪化しているとの噂を耳にしているので不安はあるものの、前にも言った通り、理由もなく欠席する訳にはいかない」

少しばかり重い雰囲気を醸し出しつつ、言葉を続ける。

妹のアイリスは、全く興味がないといったように、美味しそうに自分が作ったアイスクリームを食べている。

場の空気に似合わない、大変可愛らしい笑みを浮かべている。

「私達が留守にする間、寂しいと思うが、くれぐれも危険なことはしないようにしてくれ。セレア、ユータとアイリスを頼んだよ」

その言葉に姉さんは深く頷く。アイリスは名前を呼ばれ、スプーンを口に入れながら父さんを見た。

「アイリス、行儀が悪いからスプーンを口から出しなさい」

自分は優しくたしなめる。

「はーい」

聞き分けの良いアイリスは、注意されたことをしっかりと理解し、咥えていたスプーンを口から出す。

その様子を確認した後、自分は切り出した。

「父さん、ちょっといいかな」

「どうしたんだ、ユータ」

「父さん達が舞踏会へ行くにあたって、身につけるアクセサリーや礼服に魔導言語を刻ませて欲しいんだけど、駄目かな？　指輪やネックレスを魔導具に、礼服を魔装に変えることでより安全を確保できると思うんだ」

真剣に頼み父さんの言葉を待つ。

が、口を開いたのはアイリスだった。

「ベタベタ～」

妹を見ると、口の周りをアイスで汚していた。

「もっと綺麗に食べなくてはいけないよ。ほら、口の周りを拭《ふ》くからじっとして」

椅子から下りて妹に近づくと、ハンカチで口の周りを丁寧に拭いてあげる。

アイリスの口を綺麗にした後はメイドに任せて席に戻る。

そして父さんと母さんへ視線を向けると、二人は柔らかい笑みを浮かべていた。

「いいお兄ちゃんをしているな。これなら少し留守にしても問題なさそうだ」

「ふふふっ、そうですね。あなた」

自分は咳払いをすると、話を戻すように視線で促す。

「ああ、そうだね、話を戻そうか。魔導具や魔装のことだが、ユータの好きにしてくれて構わないよ。魔導言語を刻むだけなのだろう？」

「うん、服の内側や他人には見えないところに刻むから問題はないよ。魔導具化した後に一度確認して欲しいんだけど、いいかな？」

「それくらいなら構わない。それと、カイルから聞いたが、魔導具を使って魔法を発動できるようになったそうじゃないか」

やはり、カイル兄さんは父さんに伝えていたらしい。

兄さんに視線を走らせると、どうやらアイスを一度にたくさん口に入れたようで呻《うめ》きながら頭を押さえている。やっぱり急いで食べるとそうなるよね。

うおぉおぉおぉぉ……と天井を見上げ痛みに耐えながら、その痛みが治まらない内に更にアイスを食べている。

変態以外の何者でもない。その様子を姉さんは呆れたように見ていた。

兄さんが会話に参加する様子がないので、自分で説明する。

「まだ実験段階だけどね。そうだ、魔法の操作について父さん達に試してもらいたいことがあるから、明日時間をもらえないかな。それと、無属性上級魔法の『結界』の詠唱文を後で教えて欲しいんだ」

「ポンプの件も落ち着いてきたし、明日の昼からなら時間を作れるぞ。『結界』の詠唱文は魔術書を後で渡そう」

「それじゃあ、後で部屋に行くね」

こんな風に毎日楽しく食卓を囲むのが、我がホレスレット家である。

第十三話　魔導具の驚異と恐ろしさ

ドアから響くノック音で目が覚めた。

「おはようございます、ユウ様。朝食のお時間となりました」

壁掛け時計を見て、現在の時間を把握する。

昨日はデルバード父さんから魔術書を借りて、夜遅くまで読んでいたから少し寝不足だ。

ドアを開けて部屋に入ってきたニーナに挨拶を返す。

「おはよう、ニーナ。着替えたらすぐ行くよ」

ニーナは恭《うやうや》しくお辞儀をし、部屋から出ていく。

窓から外を見ると、曇り空が広がっていた。

普段より沈んだ気分で普段着に着替えると、一階のダイニングルームへ向かう。

欠伸《あくび》を噛み殺して、既に集まっていた父さん達に挨拶をした。

自分が席に着くと同時に、皆が食事を始める。

食事は全員が揃ってから、というのがホレスレット家の決まり事なのだ。

食べ終わった後は絵本を作ったり、専門書を読んだりして時間を潰し、約束通りお昼に父さんの部屋へ向かった。

一階にある父さんの部屋は高価な品が並んでいるものの、無駄な物はなく綺麗に整っている。

質素過ぎず派手過ぎないので、他の貴族や商人を招いた時には好感を持たれるだろう。

「これが、公爵家主催の舞踏会で着る礼服だ」

デルバード父さんはクローゼットから服を取り出すと机に広げた。

広げられたその服は、青を基調として金色の装飾が施されていた。

その装飾は控えめであり、自己主張し過ぎない仕上がりになっている。

父さんの礼服姿を想像すると、整った容姿が引き立ち、我が父ながら貴族令嬢や夫人を引き寄せる誘蛾灯《ゆうがとう》だ。

カイル兄さんに寄って来た令嬢すらも引き寄せそうだな。舞踏会で母さんに叱られなければいいけど。

そんなことを思っていると、不意に壁に掛けられている剣と盾が目に入った。

盾は縁《ふち》が金色で、獰猛《どうもう》な獣の顔が彫《ほ》られている中心部分も金色。それ以外の場所は赤色だ。

その盾の後ろに二振りの剣がクロスされて飾られている。

「父さん、そこの壁掛けの装飾品って実際に使えたりする？」

気になったので聞いてみると、父さんは微かに口角を上げて答えてくれた。

「よく気がついたね。装飾品に見えるよう作ってもらったが、実際に使える物なんだ」

室内で襲われた時の備えということだな。と付け足して、父さんは壁に掛けてある剣を手に取った。

感覚を確かめるように数回素振りをした後、自分にも見せてくれた。

手に取って、七歳のこの身体では振ることのできない重さを感じる。

長さも父さんに合わせて作ったのだろう。ちょっと構えてみたところ、力いっぱい支えていても腕がプルプルと震えてしまった。

これなら素材もかなり良いだろうな。

昨日、父さんから借りた魔術書を読む前に魔導具を作っていたのだが、ちょっとした事実が発覚した。

指輪を魔導具に変えた時に、素材によって発揮できる力の大きさが異なることが判明したが、それに加え素材によって刻める言葉と刻めない言葉があるのが分かった。

魔力を消費して刻んだにもかかわらず、刻み終えた途端に文字が消えていったのだ。

強力な効果を持つ魔導言語は、素材の質が低いと刻めないらしい。

マジックバッグに刻んだ『異空間作成』『生物の収納を禁ずる』『収納容量は百キロ』という言葉の内、収納容量を無制限や五百キロなどに変えて作ってみたところ、刻み終えた直後に消えた。

それから数回試してみて、素材の能力の限界を超えてしまうような文言は刻めないことが判明した訳だ。

言い換えれば、その素材に合った内容の文言であれば場所が許す限り刻める。

なので、自分が使っている手袋の魔導具は、内側にびっしりと魔導言語を日本語で刻んでいる。

持っていた剣を父さんに渡しながら頼んでみた。

「後でこの剣と盾にも魔導言語を刻みたいんだけど駄目かな？」

少し興奮気味に聞く。

「何がそんなに気に入ったのか分からないけど、変なことはしないでくれよ？」

「大丈夫、僕に任せてくれれば悪いようにはしないよ！」

食い気味に答えると、父さんは苦笑いをした。

これだけ良い素材なら、どんな強化にも耐えられるだろう。

今から楽しみだ。

「ゴホンッ……じゃあ、礼服を見させてもらうから。あ、それと指輪とかのアクセサリーにも刻みたいんだけど、何かないかな？　装身具はあればあるだけ見せて欲しいんだけど」

咳払いをして興奮を抑えると、机に広げてある礼服の内側に視線を向ける。

「装身具か……舞踏会につけていくのはこのブローチと指輪くらいかな。他のはこれに入っているよ」

父さんはエメラルドグリーンの色をしたブローチを一つ、ライトブルーと乳白色の指輪を一つずつ机に置き、最後にジュエリーボックスを置いた。

置かれた三つの装身具は、目立たない箇所に一文くらいなら刻めるだろう。

ジュエリーボックスの中にも様々な装身具が仕舞われており、どれくらい刻めるのか確かめてみたくなる。

だが、今は作業の方が優先なので、予《あらかじ》め決めておいた物を作るために父さんからペンを借りた。

本当に魔導具化して良いのか最終確認して、慎重に文字を刻み始める。

刻むのは、無属性上級魔法『結界』の詠唱文だ。

――壮麗《そうれい》なる白銀よ、我が力に応じ思いを読み取り、強固なる姿をこの場に示せ。結界。

これが『結界』の詠唱文である。

普通なら長々と詠唱することになるが、魔導具を使えばその詠唱を省略して魔法を使える。

魔力を流した後は魔法を制御するのみなので、素早く守りを固められるのは助けになるだろう。

詠唱文を魔導言語に変換して指輪の内側に刻んだ。

魔導文字で刻んだことでアドルリヒト語より短くできたものの、それでも極限まで文字を小さく詰めなければならなかった。

その後、もう一つの指輪に『毒物無効』の魔導言語を無事刻み、余白に追加で『速度上昇』も加えた。

ブローチには『魔力回復』と刻もうと思ったがやめて、『身体能力上昇』と刻み込んだ。

この世界には魔力を回復させる魔法はない。だから寝て治すしかないのだ。魔導言語での実験はしていないが、余り上手くいく気がしない。やるにしても、自分でしっかり試した後の方が良いだろう。

完成した装身具を早速父さんにつけてもらい、感覚を確かめてもらった。

「これは……凄いね。ブローチをつけた途端に身体がかなり軽くなった」

父さんは驚きながらブローチの効果を確認するように、身体を動かしている。

『身体能力上昇』と『速度上昇』は素材によってどれくらい性能に違いが出るのか不明瞭だが、父さんがつけているブローチの素材は良い物なので、途轍《とてつ》もない効果があるだろう。

危険に遭遇したとしても、最悪逃げることくらいはできるはずだ。

エレノーラ母さんにも同じ物を渡したいから、後で母さんの部屋にも行かなくては。

「ライトブルーの宝石が嵌めこまれている銀の指輪には、毒物を無効にする効果と、身体を速く動かせるようにする効果がある。もう片方の指輪は魔力を流して魔法名を唱えるだけで『結界』が発動するはずだよ」

一通りの説明を終え、自分は礼服と向き合った。

何を付与させようか悩んでしまう。身体能力を上昇させ過ぎると、魔導具を外した時に感覚が狂ってしまうかもしれない。

とはいえ、王都の治安が悪化しているようなので警戒するに越したことはないだろう。最後に何か付け加えておきたい。

自分が悩んでいる横で、父さんが乳白色の宝石の指輪に魔力を流し、小さく「結界」と口にした。

すると、父さんの周りを半透明の板のような物が覆い、防壁が一瞬でき上がる。

「ほう、制御が少し難しいものの慣れればどうということはなさそうだ。初めて『結界』を使ったが、こんな魔法だったのか。興味深い」

展開した結界を興味深そうに観察しながら父さんは呟いた。

部屋で展開しているのでそれほど大きくないのだが、それでも自分と父さんを覆うくらいはある。

魔力量を調整すればもっと広げられるだろうから、半径数メートルくらいなら余裕そうだ。

視線を礼服に戻し、ペンを握り直すと手を動かす。

付与したい効果は決まった。

礼服の上下両方に文言を刻み終えた後、魔力にまだ余裕があったので更に手を動かした。

「これくらいでいいかな」

一旦これで終わりにしよう。また付け足したくなったらその都度行えばいい。

確認を終えて、父さんへ礼服に着替えるように伝えた。

これなら余程のことがあっても危険はないだろう。

舞踏会までに他にも魔導具を作りたいが、その前に構想を練る必要があるな。

「着た感じはどう？　違和感とかないかな？」

デルバード父さんに着心地を聞いてみる。

礼服を纏《まと》った姿は威厳があり、細身なのにしっかりした体つきなのが窺えた。

父さんは体術より魔法の方が得意らしいのだが、鍛練は怠っていないのでスタイルも良い。

「着る前よりも更に身体が軽く、力が湧き上がる感覚があるな」

そう口にした父さんに、礼服に刻み込んだ効果を説明した。

「なるほど、生命力と服の強度を上げたのか。少し試してみるとしよう」

壁にかけてある剣を手に取った父さんは、そのまま刃を袖に当てて強く引いたが、傷一つつかない。

そして本気で力を込めても、傷がつかないだけでなく腕に剣の感触が伝わってこないと驚いていた。

「鎧にも匹敵する強度だな……素晴らしい」

魔装に変化した効果を十分に感じ、噛みしめるように父さんは呟く。

「この力が他者に渡ってしまったらどれほど恐ろしいことになるか……」

高性能故の危険性に、やはり父さんも気づいた。

重苦しい雰囲気になってしまったのを払うように軽く頭を振り、父さんは頭を撫でてくれた。

一体、この行為にどんな意味が込められているのか……。

自分は無垢な子供を演じて、精一杯の笑みを浮かべた。

第十四話　連絡用魔導具

デルバード父さんの礼服と装身具を魔装と魔導具に変えた後、同じような効果をエレノーラ母さん、カイル兄さんの礼服と装身具に一日半かけて刻み込んだ。

舞踏会まで残り五日。ホレスレット家から王都ベルサリアまでは馬車で約半日かかる。王都へは舞踏会の数日前に到着しておくらしいので、父さん達は二、三日後には屋敷を発《た》つことになる。

つまり、残された時間は極僅かということだ。

無属性初級魔法の一つに、離れた人とも連絡を取れる『コール』という魔法が存在する。

これは魔力のパス（道筋）を交わした任意の相手との連絡を可能にする魔法で、パスを繋ぐ行為は連絡先を交換する行為に該当する。

魔法はまだ分からないことが多く、前世の科学や数学ほど解明が進んでいる訳ではない。神の力だと言う者や、人間が進化と共に得た力だと言う者。起源にも様々な説がある。

少し脱線したが、魔法によって離れた人と連絡を交わすことは可能なのだ。

しかし、『コール』の魔法には連絡可能な距離の上限が存在し、いくら魔力を注いでもエーベルと王都で連絡を取り合うことはできない。

これは『コール』の魔法の特性が影響しているのだと自分は考えている。

『コール』を使う際、記録しておいた他者の魔力パス——連絡先に向かって魔力を放つ。

しかし、地球の電話のように相手にすぐ繋がる訳ではない。記録してある他の連絡先に惑わされ、相手を探して魔力があっちこっちへ行ってしまうのだ。

そうこうしている内に途中で魔力が打ち消されてしまい、結果遠くの者には『コール』が届かない訳だ。

では記録するパスを一つにすれば可能になるかというと、そうでもない。

『コール』は記録の精度が高くないので、似たパスを持つ人間がいると迷ってしまうのだ。

探す範囲が広くなるほど、パスが似た人間も多くなる。そういう意味でも、やはり長距離通信には向いていない。

そこで、自分は考えた。

魔導具によってパスの数を制限し、更に精度の高い方法で連絡先を記録すれば、遥か遠くの人とでも連絡を可能にできるのではないかと。

これにはぶっつけ本番で臨むしかないだろう。

遠距離間の連絡精度を確かめるには時間が足りない。

作らなければ話にならないので、まずは素材集めだ。

素材は貴族に相応しい見た目の物を選ばなくてはならない。それに加え、魔力パスを記録するための魔石が必要だ。

魔石とは魔物の核のことだ。魔力を身に宿した動物が魔物に変化し、その体内で生成される魔石は当然魔力との相性が良い。

形は作り慣れている指輪にしよう。間に合えば『コール』の詠唱文を刻んだ指輪型の連絡用魔導具を二つ作りたい。

父さんか母さんに頼んで素材を調達しなければ。

考えがまとまったので部屋を出て、父さん達に頼みに一階へ向かった。


素材は無事に集まった。

父さんにお願いしたらすぐに用意してもらえたのだ。

正直、こんな簡単に手に入るとは思わなかったのでびっくりしている。

「我が子の才能を存分に生かしてやることこそ、父親の仕事だよ」とは、父さんの言葉だ。

自室へ戻り、メイドによって運ばれた素材を前に、自分は心を躍らせていた。

魔石がここまで綺麗だとは思わず、触れるのにも躊躇《ちゅうちょ》してしまう。

目の前にある魔石は透《す》き通るような紫色で、拳ほどの大きさだ。

少しゴツゴツしており、霊峰《れいほう》を思わせるような神々《こうごう》しさを感じた。

女性が宝石に心を奪われる気持ちが、自分にも理解できた。

確か、魔物の強さによって魔石の透明度が変わるというのを聞いたことがある。

とすれば、この魔石はそれなりにレア度が高いのだろう。

『物体変形』の魔導言語を刻んである愛用の黒い手袋をつけ、素材に触れた。

まずは銀を適量取って指輪の形に変える。大きさは後で調整するので今は大雑把《おおざっぱ》でいい。

そして、でき上がった指輪の内側に『コール』の詠唱文を刻む。短い文だったので、空いた場所に大きさを調整するための魔導言語を加えた。

後で調整する予定だったのだが、刻めるのであればこれでいい。

魔力を手に纏い魔石を少量手に取って、指輪に合う大きさに丸める。

でき上がった丸い魔石を指輪に嵌めこみ、刻んだ『コール』の詠唱文との繋がりを持たせた。

最終的にはこの魔石に魔力のパスを保存することになる。「コール」と唱えた後、放たれた魔力は自動的に魔石へ流れ、魔石に保存されているパスの持ち主に繋がる、という流れだ。

これで、連絡用の魔導具が形としては完成した訳だ。

「ふぅ……」

疲れを追い出すように息を一つ吐いた。

椅子の背もたれに身体を預け、天井を見上げる。

少し休憩した後、父さんの部屋へ向かった。

一階にある父さんの部屋のドアを数回ノックする。

「父さん。ユータだけど、今いいかな？」

「ユータか、ああ良いぞ。入ってくれ」

ドアを開けて部屋に入る。

父さんは書類を読んでいたようだ。仕事でもしていたのだろうか。

「もう何かできたのか？」

父さんが驚いたように聞いてくる。

少し前に素材をもらいに来たばかりなので、早いと思ったのだろう。

自分は肯定するように口を開いた。

「まだ実験段階だけど、この魔導具を舞踏会に持っていって欲しいんだ」

そう言って、二つ作った指輪の片方を父さんに渡した。

受け取った父さんは、訝《いぶか》しげに指輪を見る。

自分は説明を続けた。

「その魔導具は『コール』の連絡可能距離を拡張した物なんだ。理論上は使えるはずだけど……」

まだ実験していないので自信がなく、最後の方は声が小さくなってしまった。

魔石は魔物から作られた、謂《い》わば魔力の結晶だ。

魔力との相性は抜群で、魔力を注ぎ込めばその容量いっぱいまで溜め込める。

説明したいことは山ほどあるが、まずは要点を簡潔に伝える。

「その魔導具を使えば、ここと王都の距離であっても連絡を取り合うことができるんだ。作ったばかりでまだ試してないんだけど、持って行って損はないと思う」

そう伝えた後、自分が持つ指輪の魔石に父さんの魔力パスを、父さんの方へは自分の魔力パスを注ぎ込み、ここでできる『コール』の使用テストを終えて準備は完了した。

これで、やるべきことは終えた。後は舞踏会で何も起きないことを祈るばかりである。

第十五話　太陽の笑顔

明後日にはデルバード父さん、エレノーラ母さん、カイル兄さんが出発する。

やるべきことはやったと思うのだが、まだ何かできることがあればと思考を巡らせる日々だ。

いいアイデアは、リラックスしている時に浮かびやすい。

なので、朝食を食べ終わった現在、朝風呂を頂いている。

「あぁ～」

大きく息を吐いて疲れを体外へ出す。

「そう言えば、お風呂はあるけど、シャンプーはなかったな」

寛いでいる場所が浴槽なので、不意にそんなことを思った。

今までは物作りや魔導具製作が楽しくて忘れていたが、髪を洗う際は石鹸《せっけん》を使っている。

これは女性達にとって由々《ゆゆ》しき問題ではないだろうか。

いや、自分は女性ではないけれど。

「何気に女性視点で物事を考えてしまうな……」

これも姉と妹に挟まれて育った前世の影響か。

まあそれは置いておくとして、女性達はそれぞれに手入れを行っているだろうが、石鹸で頭を洗うのは髪に悪い。

頭皮には良くても、髪には良くなかったような気がする。

これは早急《さっきゅう》にどうにかしたいかな。

作りたい物が溜まっていく一方なので、できる物から早く片付けた方が良さそうだ。

シャンプーなら簡単に作れるし、作るのに時間はかからない。

そうと決まれば早速行動に移ろうか。

風呂から上がると、ふと自分の身体が目に留まった。

子供の頃——現在は子供の身体だが——よくこう思ったものだ。

「身体から湯気《ゆげ》が出てると強そうに見えるな」

つい全裸《ぜんら》のままポーズを取ってしまう。

このままでは湯冷《ゆざ》めしてしまうので服を着ようとした時、不意に脱衣所の戸が開いた。

「あ」

「おや……」

そういえばニーナに着替えを持ってきてもらうようお願いしていたっけ。

入ってから出るまでが少し早かったから、鉢合《はちあ》わせすることになったのだろう。

確か、これは所謂《いわゆる》ラッキースケベというものだったはず。老後にインターネットで覚えた言葉の一つだ。

今回の場合は逆ラッキースケベなのだろうか。取り敢えず、バスタオルで身体を覆っておこう。

「着替えはここに置いておきますね。それと、謝罪を。申し訳ございません」

「ああ、うん。着替え持ってきてくれてありがとう。今回は不幸な偶然ということで、気にしないで欲しいな」

「それでは、失礼致します」

タイミングが良いのか悪いのかは分からないが、頼みたいことがあったので、慌ててニーナに声をかける。

「あっ、ちょっと待って。後で僕の部屋に固形石鹸を何個かとはちみつ、オリーブオイル、それとおろし金《がね》を持ってきてもらえるかな？」

「かしこまりました」

後ろ向きのまま承諾し、彼女は脱衣所から退室した。

やはり、相手が子供であっても、男性の全裸に出くわすのは恥ずかしいことなのだろうか。

いつも通りを装っていたけど、ニーナの耳がかなり赤くなっていた。

歳も離れているし、意識するようなことではないと思うのだけど。

湯冷めしてしまうのは困るので、考え事は一旦やめて服を着よう。


自室に戻った後、ニーナに持ってきてもらった固形石鹸を粉にするため、すりおろしの作業を始めた。

これはシャンプーの材料となる物だ。

こうやって粉にした石鹸をお湯に溶《と》かせばシャンプーになるのだが、これで洗うと髪がごわついてしまう。

それに、石鹸をそのまま使うのと大差ない。

汚れを落とすだけでなく、髪にも良いシャンプーを作るのが今回の目的だ。

そこで、はちみつである。蜂型の魔物の巣から取れたはちみつはそれほど高価ではなく、集めるのに苦労しない。それを先ほど作ったシャンプーに加える。

そこへ更にオリーブオイルを少しだけ加え、石鹸シャンプーの完成だ
はちみつには泡立ちを良くし、潤《うるお》いと頭皮のかゆみを抑える効果がある。

そして、オリーブオイルははちみつで良くなった泡立ちを若干抑えるが、洗い上がりが滑《なめ》らかで艶《つや》やかな感じになる。

今作った石鹸シャンプーの他に、トリートメントを作る。

こちらも作り方は非常に簡単だ。はちみつと、ぬるま湯を混ぜ合わせるだけ。

これで、はちみつトリートメントの完成だ。

液体を入れた容器を手に、数回頷く。

「これで完成だが……ん〜？」

少し違和感を覚える。しかし、記憶の通りならこれで完成のはずなので、いつものネガティブ思考だと思って振り払った。

このはちみつ液、もといはちみつトリートメントは頭皮にたっぷりつけて頭全体をマッサージするように使用する。後は普通に流すだけで良い。

かつて貪欲《どんよく》に集めていた知識が、今になって役に立つというのは本当に複雑な心境だ。

家族のためになるのは嬉しいが、少しズルをしているような罪悪感がある。

「おっと、駄目だ駄目だ」

またマイナスの方向に考えてしまったので、頭を振って思考をリセットした。

気を取り直して、残りの材料を使ってシャンプーとトリートメントを量産していく。

その時、ドアが突然開いて誰かが入ってきた。

「ユウ兄さま、あそぼ～」

椅子の背に肘を乗せて振り返ると、入って来たのは妹のアイリスだった。

いつものように遊びに来たのだろう。そして、毎度のことながらドアは開いたままだ。

「遊ぶのは良いんだけど、もう少し待っててくれるかな？」

入ってくるなり駆け寄ってきたアイリスを制して言った。

机の上に置いてある物に触れてはいけないことも一緒に告げておく。

「はーい、アイリスいい子だから待ちます！」

右手を挙げて元気よく声を出したアイリスは、行儀良く待ちながら机の上を見ている。

その視線は瓶に注がれていた。瓶の中のはちみつが気になるようだ。

朝食は少し前に食べたはずなのだが、おやつは別腹《べつばら》なのだろうか。

はちみつを掬《すく》うと、アイリスの視線はスプーンに乗っているこがね色の液体に向けられ、石鹸
シャンプーの入った容器へはちみつを入れると、勿体ないと言いたげに人差し指を咥えた。

その様子が可愛らしかったので、新しいスプーンではちみつを掬いアイリスの口へ運ぶ。

ついつい甘やかしてしまうのだが、こんなに愛らしいのだから仕方ないと思う。

自分が差し出したスプーンを咥え、顔を綻《ほころ》ばせるアイリス。

無邪気で可愛らしい笑みに負け、はちみつをもう一掬い与えた。

「甘くて美味し～」

アイリスは頬に両手を当て、語尾に音符《おんぷ》でも付きそうな弾んだ声を上げた。

妹の嬉しそうな表情を見ていると心が癒やされる。

そうして僅かばかりの休憩を挟んだ後、作業に戻りシャンプーとトリートメントを、もう一本ずつ作った。

これで材料を使い切った訳だが、試す前にアイリスと遊ぶとしよう。

手を綺麗な布で拭って妹に声をかけた。

「それじゃあ、遊ぼうかアイリス」

振り返って、後ろにいるであろうアイリスに目を向ける。

そこにはこちらに背を向けて固まっているアイリスと、開いたドアから妹を睨むセレア姉さんがいた。どうやら妹様は勉強からまた逃げ出して遊びに来たらしい。

そして、姉さんは部屋に入るなり雷を落とす。

「さあ、お勉強の続きをするわよ、アイリス！」

「い～や～！」

逃げようとしたアイリスをなんなく捕まえた姉さんは、嫌がるアイリスを引きずって部屋から出ていく。

これもまたいつもの出来事だったので、自分は苦笑いを浮かべるしかなかった。


アイリスが連れて行かれた後、時間ができたのでドライヤーを作製してみた。

髪の美容を気にするなら、やはりドライヤーも必要だ。

まずは見栄《みば》えを整えるため、機能など何もついていないドライヤーの形だけ作ると、それを縦に二分する。

ドライヤーの構成要素は大きく分けて五つ。先端の方から順番に、ノズル、安全装置、モーター、ヒーター、そしてファンだ。

ノズルは温風が出る部分で、安全装置には温度が上がり過ぎた時に電源をオフにする機能があった。

そして、ノズルとモーターの間にあるヒーターの発熱を利用して温風を出す構造だったと記憶している。

ファンの近くから風を吸い込んでおり、ホコリなどが詰まると風量が落ちていたはず。

手入れのことも考えると、別の方法が望ましい。

……そうだ。魔法が使えるなら、ファンとモーターは必要ないのではないだろうか。

風を送る魔法を発動させれば、ファンとモーターの代わりになる。

しかも、ファンがなくなればゴミがたまることもないので風量は落ちない。

後は風力を調整できるようにすればここは解決だ。

ファンとモーターがなくなれば、軽量化も図れるな。風を吸い込む音がなくなるので、うるさくもない。

次にヒーターの役割を持つ熱源だが、これは熱くなり過ぎないようにしなくてはいけない。

この熱源を何で代用すれば良いのか、案はそう簡単に出てこない。

火属性魔法は炎を放つだけなので危険だ。威力を調整したところで、炎を使うのは変わらないから危険過ぎる。

炎を操る魔法は応用が難しいかもしれない。

通常のドライヤーは熱源の後ろから風を送ることで温風を放出し、冷風の時は熱源の電源を切って風だけを送っている。これを魔導具で再現するにはどうするべきか……。

顎に手を当てながら考えていると、ノックの音が響きニーナの声が聞こえてきた。

「ユウ様、昼食のお時間となりましたのでお呼びに参りました」

「あ、もうそんな時間か。ありがとう、今行くよ」

言葉を返し部屋から出て、ニーナと一緒に一階へ向かう。

昼食に何が用意されているのか考えていると、階段に差し掛かった所で声をかけられた。

「ユウ様、お手を」

ニーナがこちらに手を差し出している。

何故そんなことをするのか分からず、自分は聞いた。

「ん、どうしたの？」

「段差で躓《つまず》いてしまうと非常に危険ですので、お支えした方がよろしいかと思いまして」

いつもより早口な彼女の言葉によると、自分の身を案じてくれたようだ。

メイドとしての気遣いというやつだろうか。

しかし、病気でもないのに手を繋ぎたいだなんて、一体どうしたのだろう。

「これは念のためです。ご安心ください」

その言い分はピンとこないが、考えるのが面倒なので、そのまま彼女の手を取って階段を下りた。

ふと見ると、ニーナは笑っているようだった。

そうしてニーナと手を繋いだままダイニングルームに到着し、食事を始めた。

食べ始めて少し経った頃、父さんが口を開いた。

「さて、もうすぐ私とエレナとカイルは王都へ行く。伝えることなどがあればその前に言うように」

エレナ、というのは母さんの愛称だ。父さんは子供の前でも母さんをそう呼んでいる。

父さんは子供達を見渡し、再び口を開く。

「もちろん、お土産《みやげ》は買ってくるから心配しないでくれ。それとカイル。お前は舞踏会までに話し方を改めるように」

「はぁ～、舞踏会行きたくないんだけどな。体調を崩せば欠席する口実《こうじつ》になるか？」

紅茶を飲んでいたセレア姉さんはカップをソーサーに戻し、兄さんに言い放つ。

「カイルの体調が崩れるより、天変地異が起きることの方がよっぽどありえるわ」

既に食べ終わり片付けを手伝っていた自分は、兄さんをフォローしようと姉さんに言った。

「一応兄さんも風邪《かぜ》は引くよ？　ただ一日も経たずに治るだけで」

「鈍感《どんかん》な者は自らに向けられている好意はおろか、風邪を引いていることにも気づかない」という言葉が、いつか読んだ父さんの書斎の本に書いてあった。

バカは風邪を引かない、と似たような言葉だろう。

普段の兄さんは脳筋という言葉が相応しい人なのだが、運動中は目の覚めたような知性の輝きを見せることがある。

まあ、すなわち普段は抜けているということなのだが。

「招待状にカイルを絶対に連れて来てくれ、というようなことが書かれていたから、欠席はしないでくれよ。その上、ダンスのお誘いがルスリア嬢《じょう》から来ているんだ。体調管理は徹底してくれ」

ふと母さんに目を向けると、ニヤニヤしていた。思い出し笑いをしているように見える。

自分はそれを見て、ピンと来た。

「そういえば、父さんって頻繁にお誘いをすっぽかしていたらしいね。それも仮病《けびょう》だとか」

「もし仮病を使うなら、家族にもバレないように行わないとね。仮病はそれらしく見せるのが大事だ」

なんと、おちゃめな一面があったものだ。

昼食の後、散歩がてら屋敷内を歩いていると、休憩室からメイド達の話し声が聞こえてきた。

ひょっとするとドライヤー製作のヒントになるようなことを話しているかもと思い、耳を澄ます。

すると、中では女性らしい会話が繰り広げられていた。

肌が綺麗やら、手入れはどうしているのかとか、髪が長いから乾かすのに時間がかかるとか。

出た結論はこのようなものだ。女性は悩み事が多い。気楽に構えている男性とは違うのだろうか。

更に気になることが耳に入ってくる。

「乾かすのに時間が掛かるから、思い切って短くしちゃおうかな」

「手入れが少し面倒でも、折角そこまで伸ばしたのだから勿体ないと思うわ」

「それはベルが火属性と風属性の魔法を使えるから言えることじゃん。いいわよね、温かい風を出せる人は」

温かい風——温風を出せる人がいる？　詳しい話を聞きたくなった自分は、早速休憩室のドアをノックして入っていいか聞いた。

「え、ユータ様ですか？　今開けますので少々お待ちください」

少ししてドアが開かれ、中に入る。

休憩室はメイド達の憩《いこ》いの場だ。広さはメイドが十人いても狭くないほどで、ソファが数脚とテーブルがある。

テーブルにはお菓子と紅茶が置かれており、それを摘《つま》んだり、壁際にある本棚から好きな本を読んだりできる。

この本棚だが、紙が普及し始めて間もないので書籍の数はあまり多くない。

一応設置してはいるが、インテリアの扱いだ。

自分が入ってきたことでメイド達が身を固くしたので、まず一言声をかけた。

「今は休憩中でしょ。僕のことは気にせず休んでもらえると嬉しいな」

気休めにしかならないと思うが、言わないよりはましだ。

立ち上がろうとしていた者達がゆっくりと座り直す。それを確認した後、先ほど会話をしていたメイドの方へ足を向ける。

「隣、いいかな？」

中央のソファに座っているメイドに声をかけた。

濃い緑色をした腰まである三つ編みを提げたメイベル、肩の下辺りまでの桃色の髪を持つのがモニカ。彼女らが先ほどの会話をしていたメイド達だ。

「ど、どうぞ……」

モニカがおどおどと勧めてくれた。

彼女が少し横に移動して、自分は開いた場所に座る。

向かい側にはメイベルが座っており、一見落ち着いたように紅茶を飲んでいるが、その瞳は忙《せわ》しなくあちらこちらに動いていた。

「僕と話すの、そんなに緊張するかな？」

苦笑いをしながら二人に呟いた。

自分は彼女らにとって、雇い主の息子だが、所詮子供だ。

精神年齢は違うものの、容姿は七歳。自分では分からないが、何か緊張する理由があるのだろうか？

「す、すみません。正直緊張します」

モニカがそう口にした後「私もです」とメイベルも続いた。

「そうなんだ。自分ではそういうことは分からないものだね。それはさておき、君達の中で温かい風を出せる人がいるって聞いたんだけど、それって本当？」

早速本題に入った。

盗み聞きをしてたことは黙っていた方がいいだろう。

正直に伝えて警戒されたら、聞き取りに差し障りが出るかもしれないしね。

内心で言い訳をしていると、メイベルが口を開いた。

「私が出すことができます。この魔法が如何《いかが》なさいましたでしょうか？」

「そんなに堅苦しい言い方をしなくてもいいんだけど。まあ、いいか。実はちょっとした魔導具を作ってる途中なんだけど、温風を出せないかって考えていてね。その方法を聞きたいと思ったんだよ」

「そうなのですか。参考になるのか分かりませんがこのメイベル、微力《びりょく》ながら力をお貸し致します」

「うん、よろしくね」

思っていたより早く話がついたので、ここからはメイベルの話を参考にドライヤー作りを進めることにした。

第十六話　ドライヤーとシャンプーハット

メイベルの協力の下、内部に熱源を持つのではなく、魔導言語を使って温風をそのまま出すドライヤーを作ることができた。

メイベル曰《いわ》く、風を出すための詠唱文を少し改変し、温かい風に変えているらしい。

どうやって詠唱文の改変を思いついたのか聞くと、魔法を使用している内に言葉が降ってきたのだと彼女は言っていた。魔法を使えない自分にはできそうもないな。

ともかく教えてもらった詠唱文を魔導言語に置き換えて適当な素材に刻んでみたところ、魔導言語はしっかりと機能し、魔力を注ぐだけで魔法が発動した。次は本番の素材、魔石に刻もう。

メイベルに教えてもらった二つの詠唱文を、円柱型の魔石の側面に刻み込んだ。この魔石はドライヤーの上部に、常に側面の半分が露出するように設置する。食品用ラップフィルムと同じだと思ってもらうと分かりやすいだろうか。

例えば、冷風の詠唱文を刻んだ方が露出していれば、温風の詠唱文を刻んだ方が下になって、ドライヤーの内側に向いた状態になる。

その温風の詠唱文に接触するように導線を配置する。この導線も魔石を変形させた物だ。そして、導線の先にはこれまた魔石で作ったスイッチがある。手順としては、まずスイッチに魔力を流し、それが導線を伝わって円柱型の魔石に流れ込む。

すると、導線が触れている方の詠唱文の魔法、この場合だと温風が発動するという訳だ。

円柱は手でこすって回転できるようにしたので、そこで温風と冷風を切り替えられる。

少しややこしいが、冷風の詠唱文が露出している時は温風が、温風の詠唱文が露出していれば冷風が出る。

もし魔力を多く流してしまい、導線に収まり切らなくなったら事故が起きるかもしれないので、その対策も施した。

持ち手の内側部分に、溢れた魔力を溜めるための魔石を配置したのだ。

前に『コール』の魔導具を作る時に使った、魔石が魔力を吸収するという性質を応用したのだ。

こうしてでき上がったドライヤーの動作確認をした後、メイベルに渡して反応を確かめてみた。

使い方の説明をした後、彼女は恐る恐る円柱を回し、スイッチを押した。

すると、ノズルから小さく風の流れる音がして温風が出てきた。

「わっ、本当に温かい。凄いですねこれ！」

彼女は実際に風を髪へ当てたりして、ドライヤーの凄さを実感している。

このドライヤーの優れているところは極少量の魔力で動くことと、魔法名を口にしなくても魔力を注げば自動で発動することだ。

スイッチ、導線、熱源を全て魔力伝導率が高い魔石にしたからできる芸当だ。

魔力の動きを魔石で伝達するという案は咄嗟に思いついたのだが、大成功だった。

それはともかく、これでドライヤーはでき上がった。

「メイベル、ドライヤーが完成したことだし、手の空いているメイド達を集めてもらえる？　一時間後にリビングルームに来るよう言ってもらえればいいから」

別に強制じゃないからね、と付け足してドライヤーを受け取り、改めて彼女に手伝ってもらった礼を告げた。お披露目はシャンプーと一緒にしたいので、それまで秘密にしてもらうことにした。

メイベルが部屋から出ていった後、妹のアイリスを探しに自分も少し遅れて部屋を出た。

昼時なので、おそらくセレア姉さんの部屋にいるだろう。

そう思い、隣の部屋のドアをノックして声をかけた。

「姉さん、入っていいかな」

「ええ、大丈夫よ」

すぐに返事があったので、ドアを開けて中の様子を窺う。

女の子らしく部屋には人形が飾ってあり、色合いも柔らかい色で統一されていた。

机の上も、棚も整頓されており、とても綺麗な部屋だ。

前までは人形がもっとあった気がしたのだが、お姉さんらしくなりつつあるようだ。

「それで、どうしたの？」

「アイリスが姉さんの部屋にいると思ってね。用事はアイリスにあったんだ」

姉さんの隣で首を傾げるアイリスの仕草はなんとも可愛らしい。

末っ子というのは他人に可愛がられることに長《た》けていると言うが、まさしくその通りだ。

このまま成長すると、あざとい女性になりそうで将来が少し心配だ。

「アイリス、ちょっと頭に触れてもいいかい？」

人形を抱きしめている妹にそう聞いた。

すると、「うん、いいよ」と言ってくれたので、頭の大きさを測るためにアイリスに触れる。

「ユウ兄さま、くすぐった～い」

優しく触れていたのだが、それがくすぐったかったようだ。

謝りつつもう一度触れて大きさを測る。

「これでいいかな」

「ちょっと待ってよ、ユウ。アイリスの頭を触って一体何をしていたの？」

お礼を言って部屋から出ていこうとしたところ、姉さんに呼び止められた。

確かに、このままだとただアイリスの頭を触っただけになるか。

客観的に見ると、おかしな人だな。

頭上に疑問符を浮かべている姉さんもアイリスの頭を触って、何かを確かめようとしている。

頭に何か隠されている訳ではないので、その行為には意味はない。

ただ、アイリスがくすぐったそうに声を出すだけだ。

「アイリスのためにちょっと作りたい物があっただけだから、頭に何かある訳ではないよ」

苦笑いを浮かべて姉さんに告げる。

それじゃあ、と言って姉さんの部屋から出た後、自室に戻ると早速シャンプーハットの作製に取り掛かる。

そう、シャンプーハットだ。そのために頭の大きさを測ったのである。

洗髪時に目にシャンプーが入らないようにするあの道具だが、素材となるゴムが実は見つかっていない。なので、今回は代用品を使う。

「うん、これなら使えそうだ」

今手にしている水色の物を握ったり、離したりして柔らかさを確かめる。

「スライムゼリーがここまで使える素材だなんてね」

今回使うのはスライムという魔物から採れた素材だ。

まさかここまで有用だとは考えていなかったが、珍しい素材だから何かに使えるだろうと思って一応部屋に置いていた。

愛用の黒い手袋をつけてスライムゼリーをこね回す。

アイリス専用のハットを作った後、適当に色んなサイズのものを用意する。メイドの皆にも使ってもらいたいからだ。

水色のシャンプーハットはすぐに作れたので、少し休憩をしてリビングルームへ向かった。

あとはシャンプーの使い方をメイド達に教えるだけである。


今回、他にも分かったことがある。実は、円柱型の魔石には二つの詠唱文の他にもう一つ、『導線から流れる魔力を供給合図とする』という一文を刻み込んでいる。

これによって魔石に溜まった魔力が暴走することなく、使用者が魔力を送り込んだ時だけ動かすように制限できた。

まだ魔導具を作り始めて日は浅いが、初めにマジックバッグに刻んだ『異空間作成』『生物の収納を禁ずる』『収納容量は百キロ』という言葉から、熟語やごく短い文言しか刻めないのだと勝手に思い込んでいた。

今回の実験で、日頃使うような文章でも効果を発揮できると判明した。これからはもっと自由な発想で魔導具を作れるだろう。

第十七話　シャンプーについて説明

リビングで待っていると、次々にメイドがやって来た。

正直これほどの人数が集まるとは思わなかったな。

まだ何も伝えていないので、彼女らはどうして集められたのか分かっていないだろう。

なので、早速呼び出した理由を話す。

「えーと、今回集まってもらった理由について今から説明するね」

後ろのテーブルに、シャンプー、トリートメント、シャンプーハットとドライヤーを置いてあるので、まずはシャンプーを手に取る。

「今まで髪を洗う時は、身体を洗う石鹸で汚れを落としていたよね。でも、それじゃあ汚れは落とせても髪には良くないんだ」

自分の言葉を聞いたメイド達は、薄々分かっていたという様子だ。

やはり、洗った後の髪の感触に思うところがあったのだろう。

「だから、僕はシャンプーとトリートメントっていう髪専用の洗剤を作ったんだ。合う合わないがあると思うけど、取り敢えず使い方を教えるね」

この世界にはまだ髪を洗うためだけの洗剤は存在しない。

いや、もしかしたら何処かの誰かが発明しているかもしれないが、広まってはいない。

そもそも、前世のシャンプーを再現しただけなので、「作った」と言うのは躊躇《ためら》うが、そんなことを言えば皆は逆に混乱する。なので、自分が開発したということにしておく。

彼女達にシャンプーとトリートメントについての説明を始める。

まずは、シャンプーの前にはちみつトリートメントからだ。

「これは、はちみつトリートメントと言って、名前の通りはちみつが使われているんだ。材料ははちみつとお湯だけだから、口に入っても大丈夫だよ」

と、ここでメイドの一人が手を挙げて発言の許可を求めてきた。

話を中断して、そのメイドに「どうぞ」と許可を出す。

「はちみつは、あの甘いはちみつで合っているのですよね？　髪に良いとは思えないのですが……」

「まあ、はちみつが髪に良いなんて聞いたことないよね。実は、はちみつは皮膚に塗るだけでも十分な効果を発揮するんだ。もちろん髪の毛にも良いんだよ」

一呼吸置いて言葉を続ける。

「保湿効果が高くて、殺菌効果もある。髪に必要な栄養素を含んでいることも女性には助かるよね」

そこまで言って皆の顔を見ると、頭上に疑問符が浮かんでいた。殺菌や栄養素と言われても、何のことだか分からないようだ。この世界では科学が発達していないのだ。

「とにかく、はちみつはとても髪に良いんだ」

別に使うかどうかは個人の自由だから、と付け加えておく。

自分の勢いに押されて納得したらしいメイド達を見渡し、使い方を説明する。

「はちみつトリートメントは、頭皮にたっぷりと付けて頭全体をマッサージするように使用してね。その後は普通に流していいよ。洗い流した時に浸透するから毛先まで塗る必要はないからね」

皆がちゃんと理解したのを確認してから、はちみつとオリーブオイルを加えた石鹸シャンプーの説明に移る。

「さて、じゃあ次はこっち」

はちみつトリートメントを後ろのテーブルに置いた後、もう一つの容器を取って言葉を続ける。

「これは、はちみつトリートメントと違って泡立ちがいい洗髪料になってるんだ。石鹸にはちみつとオリーブオイルを加えてあるから、今言った泡立ちの他に、潤いと頭皮のかゆみを抑える効果があるし、洗い上がりが滑らかで艶やかな感じになるはずだよ」

これは今までの石鹸と基本的に使い方は同じだよ、と最後に付け足す。

シャンプーとトリートメントの説明の後、シャンプーハットの使用法も教えてメイド達の反応を窺うと、ニーナが一歩前に出て質問した。

「つまり、私達にこのシャンプーを使ってみて欲しい、ということでしょうか？」

「そうなんだけど、強制ではないということを強く伝えておくよ。本当に髪専用の洗剤が必要なんじゃないかと思っただけなんだ」

髪は女性の命とも言う。心なしかニーナの目が鋭くなっている気がする。

彼女は普段はもう少し柔らかな目をしていたと思うんだけど、今は何か含むところのある、真意を見抜こうとするような瞳をしている。

まあ、真意も何も本当に善意だし、石鹸シャンプーの方は前世で自分も使ってたから、心配はいらないんだけどね。

市販のシャンプーが自分の頭に合わなかったことと、前世の姉さん達がそういう面に気を遣っていたということがあり、自作シャンプーを使い始めた。

今でも前世の記憶は結構はっきりしているし、作り方も間違っていない。良い髪質になることは間違いない。

「……ユウ様もご一緒にお風呂へ入られるのでしょうか？」

「ん？　ニーナ、質問の意図が分からないんだけど……？」

真面目な顔で問いかけてきたニーナの言葉を、自分はうまく理解できなかった。

「えっと、僕は洗髪して欲しいだけなんだけど、違う意味で伝わってしまったのかな？」

別にシャンプーの使い方を実際に浴室で見せる訳じゃない。そもそも、七歳とはいえ男である自分が、女性と一緒にお風呂へ入るのは憚《はばか》られる。中身は七歳じゃないし。

何故ニーナがそんな勘違いをしたのかはこの際スルーしておこう。洗髪が終わった後に紅茶でも飲ませて、気持ちを落ち着けてもらおうかな。

「取り敢えず、今のは聞かなかったことにするから、説明した通りに洗髪をしてもらっていいかな？　髪を乾かす時は僕を呼んでね。髪を乾かす魔導具を作ったからそれのテストもして欲しいんだ」

それじゃあお願いね、と最後に告げて、自分はリビングルームを出ると紅茶を準備するために、調理場へ向かった。

第十八話　髪は女性の命

ホレスレット家の次男、ユータ・ホレスレットが作った二種類の髪用洗剤――シャンプーとトリートメントを使ってみてくれと言われたメイド達は、湯浴《ゆあ》み着を着用して浴室へ入っていった。

ホレスレット家は伯爵の位を王から授けられた名家であり、メイド達が使う浴室も相応のものだ。

更にはここ最近財政が潤っていることもあり、設備が次々新しくなっていた。

手押しポンプの販売が上手く行けば、また設備が拡充されることだろう。

装飾が凝った浴室は、総勢十数名のメイドがすっぽり入るほど広い。

その浴室で、メイド達はシャンプーのこと、そしてユータのことについて話していた。

「ほんと、ユータ様って凄いよね。まだ七歳だなんて信じられないよ。メイベルもそう思うよね？」

木製のバスチェアに座ったメイドの一人――モニカが、後ろのメイド――メイベルに話を振った。

今回のシャンプー試用は、後ろに座ったメイドが前のメイドの髪を洗い、交代する手順で行われる。彼女達の場合は、先にメイベルがモニカの髪を洗う。

「そうね。カイル様も凄いけど、ユータ様だって魔法の適性がないにもかかわらず、それを感じさせない別の才能をお持ちだわ」

前でバスチェアに座っている、シャンプーハットを被ったモニカの桃色の髪に触れながら、メイベルは言葉を返した。

「ユータ様ってこのシャンプーもだけれど、絵本だったり、お菓子だったり、魔導具だったり、とても博識《はくしき》でいらっしゃるわよね。そう言えばポンプもユータ様が考えたのだったわね」

メイベルが今、何気なく使っているシャワーも実は魔導具だ。

空気中にある魔力を用いて水を出しているため、本来なら持ち手から延びているはずのホースの部分が存在しない。

このシャワーはユータが魔導具を作れるようになったばかりの頃に作った物で、すでにかなり馴染んでいる。メイベルに至ってはユータが作った魔導具だということを忘れてしまっていた。

シャワーを定位置から外すとお湯が出て、戻すと止まる仕組みだ。

敢えて不満点を挙げるなら、お湯が出る強さを選べないことだろうか。

「本当に凄いよね〜。私なんかじゃ凄いとしか言えないな〜」

モニカはメイベルの操るシャワーで髪を濡らされており、俯きながら話している。

モニカの桃色の髪は長いので、メイベルは丁寧にお湯を当てていく。

シャンプーとトリートメントは二本ずつしかないので、容器が回ってくるまでは髪をお湯で濡らして待っているしかない。

ちょうどメイベル達に容器が回ってきたので、彼女ははちみつトリートメントの方を手にとってモニカの頭皮へたっぷりと付けた。

予《あらかじ》め脱衣所で、二人一組の内一人目ははちみつトリートメントを使って、二人目は石鹸シャンプーを使うと決めていた。

なので、メイベルの時は石鹸シャンプーを使うことになる。

容器を隣に渡した後、メイベルはモニカの頭全体をマッサージし始めた。

「あぁっ、気持ちいい」

モニカが少し色っぽい声を出し、他のメイドもそれぞれに反応している。

「あ゛あ゛あ゛ぁぁぁあ」

「ちょっと、変な声出してるの誰⁉　はしたないわよ！」

少しはしゃぎながら、彼女達は洗髪をする。

ユータの説明通りに揉み込み、十数分ほど経った後、はちみつトリートメントを洗い流した。

はちみつトリートメントがモニカの髪を伝って流れていき、毛先まで浸透していく。

簡単に作れるはちみつトリートメントによって、洗い流されたメイド達の髪は僅かに綺麗になった。

「綺麗になったとは思うんだけど、よく分からないわね」

「私も見たいんだけど」

メイベルはモニカの髪に触れてまじまじと観察する。

肩から前の方に髪を寄せて、モニカも自身で確認した。

「ん～、よく分からないや。使い続けないと効果が出ないのかな？」

自分の髪を触ってみるが、変わったような気はしない。

一回使用しただけで分かる訳がないか、とモニカは内心で呟いた。

さて、彼女達の近くではまた別の組――カミラとニーナが洗髪を行っていた。

先ほどまで洗髪をしてもらっていたカミラの明るい茶髪も、大して様変わりしていない。

そんな彼女の髪の前ではニーナがバスチェアに座っている。

彼女は二人目なので、使用するのは泡が立つ石鹸シャンプーの方だ。

「それでは失礼します、ニーナさん」

カミラは一言告げてから石鹸シャンプーを手に取ると、掌で泡立ててからニーナの澄んだ青色の髪に触れた。

「お加減は如何でしょうか？」

「丁度いいわ」

普段から丁寧な口調で話すカミラへ、ニーナは言葉を返す。

これでもカミラは砕けて話しているつもりなのだが、それが周りにはあまり伝わっていなかったりする。

(最近、ユウ様と接する機会が減っている気がするわ。せっかくエレノーラ様方が留守にされる間、近くにお仕えする許可を頂けたというのに)

ニーナは洗髪してもらいながら考え事をしていた。

彼女はエレノーラとの度重なる交渉により、母親代わりの役目をするよう命じられたのだが、ユータとの距離をあまり縮めることができないでいた。

エレノーラ達が王都へ出発する前から親しくなっておけば、ユータも段々慣れて自分に甘えてくれるようになるかもしれない。

そう考えて自分なりに努力していたのだが、意識し過ぎた結果、接し方が不自然になってしまった。ユータも不審がっており、攻めあぐねているというのが現状である。

彼女はユータの専属メイドではないのだが、他のメイドに比べれば長く仕えている。

そもそも、ホレスレット家に専属メイドは存在しない。誰が決めた訳でもなく、自然とニーナはユータの専属メイドのようになっていった。赤ちゃんの頃から仕えているので、いまや母親が子を思うような心境になっているのだった。

そうは言っても、メイドと母親は別ものだ。母親代わりとは何をすればよいのか。未婚の彼女にとってなかなかの難題だった。

メイドとしての期間が長いので、改めてそう言われると考え込んでしまう。

（エレノーラ様がご不在の間は私がユウ様の母親代わり……どうすればいいのかしら？）

正確にはセレア、アイリスの母親代わりでもあるのだが、今の彼女は忘れてしまっているようだ。

「そろそろ、流しますね」

考え事に耽《ふけ》っていたニーナの耳に、カミラの声が届く。

集中している間に洗髪は十分に行われたようだ。

マッサージと一緒に揉み込まれた洗剤が、シャワーによってニーナの身体を伝って流れ落ちていく。

綺麗になったのを確認したカミラは、洗髪が終わったことを伝えた。

礼を言ったニーナは早速自身の髪を確認した。

「石鹸とここまで違いが出るなんてね」

驚きを声に乗せて呟いた。洗い終わりの時点で、既に感触が違う。

ついつい、髪を指に巻きつけたりして、指通りを楽しんでしまう。

「わっ、凄い！　今までは髪がよく絡まっていたけど、全然そんなことないね！」

「ん〜、私には石鹸シャンプーの方が合ってるかな」

「少し頭がむずがゆいような？　ちょっとユータ様に聞いてみようかな」

洗髪を終えたメイド達はシャンプーについて語り合いながら、浴室を出ていった。

彼女らの話に耳を傾けながら、ニーナとカミラの二人も浴室を出る。

まだ課題は残っているものの、満足度はそれなりに高かった。

これが、女性向け物作りの序章である。

第十九話　紅茶と料理長

メイド達が浴室で洗髪を行っている間に、自分は調理場で紅茶と、お菓子を準備していた。

料理長のリディルと話をしながら、紅茶に使うポットとカップを湯通しする。

「へぇ、ニーナさんがですが……私には至って普段通りに見えたのですが」

リディルに、ニーナの様子が少しおかしかったことを相談していた。

「結婚しているリディルなら、僕より女性の機微《きび》が分かるかと思って聞いたんだけど……。だったら僕の勘違いなのかな？」

口を動かしながら、温めておいたポットに適量の茶葉を入れる。

今回入れるのはリーフティーという、葉の形が残っているタイプの物だ。

「あ、お湯が沸いたようですよ」

リディルが沸騰《ふっとう》したての熱湯をポットに入れてくれた。

短くお礼を告げてポットに蓋をする。蒸らし時間を測る傍ら、彼に質問をする。

「ねぇ、リディル。この茶葉は何て名前なの？」

「その茶葉はラバンダと言います。香りが良く、ミルクも何も入れずに飲むのにぴったりなんですよ」

笑みを浮かべながら飲み方も教えてくれた。

「聞いたことないな。豆知識みたいなのがあったら教えてくれない？」

「そうですね、それでは少しばかり長くなりますが、ご容赦ください――」

そう言って、彼からラバンダについての知識を引き出す。

やっぱり、気になったことを調べたり聞きたくなったりしてしまうのは前世と変わらない。

リディルによると、ラバンダの少しツンとした芳醇《ほうじゅん》な香りは飲む人を落ち着かせ、素材の瑞々《みずみず》しさを感じさせるとのことだ。

リディルの講義は二分を過ぎても途切れることなく続く。

「それでですね、ダージリンやウバも良い香りなのですが、ラバンダだって劣っていません。コクが深く渋みがないということもあり、私はラバンダの方が良いと思う訳でして。値段も先ほどの二種に比べて少々上――」

自分から聞いた手前決まりが悪いが、このままだと蒸らし時間が大幅に延びてしまいそうなので声をかけた。

「そろそろいい頃合だし、先にカップに注いでくれない？」

「――おっと、申し訳ありません。少々熱が入り過ぎたようです」

普段より若干早口で紡がれるリディルの紅茶講義を止めて、茶こしを彼に渡した。

ポットの中に茶葉が入っているので、茶こしを介さないと茶葉がカップの中に入ってしまう。

リディルはスプーンを手に取りポットの中を軽く混ぜた後、お茶を注ぎ始めた。

それを横目に、自分は近くにいる料理人に頼んでいた、クッキー作りを手伝う。

どうやら後は型抜きだけだったようで、すぐに終わった。

「……ユータ様、失礼かもしれませんが少々クッキーの数が多過ぎるのではないでしょうか」

クッキーを作ってくれていた無口な料理人の男性――アスルが小声で伝えてくる。

彼はいつも瞼《まぶた》を半分ほど閉じているが、これは決して眠たい訳ではないらしい。

「ああ、それはアスル達の分もあるからだよ。もうすぐ休憩でしょ？」

現在の時刻は十五時を回った頃だ。

「私達は雇ってもらっている身なので、そこまで気を遣って頂かなくとも――」

「――アスル、ユータ様のお気遣いを無駄にするつもりですか？」

アスルの言葉を遮って、リディルが口を挟んだ。

最後の一滴をカップに注ぎ終え、ポットを台に置くと、笑みを浮かべアスルを見た。その目は笑っていない。

「……私達にも配慮してくださり感謝いたします、ユータ様」

先ほどまで遠慮していたアスルは、強張《こわば》った顔をして瞳をしっかりと開き、感謝を述べた。

普段温厚なリディルが料理長としての威厳を発揮しているところを初めて見たが、こういう形だとなんとも言えない。

とにかく、気にしないでいいよとアスルに返したところで突然、頭の中に声が響いた。

『ユータ、聞こえるか？　聞こえていたら返事をしてくれ』

第二十話　連絡用の魔法

頭に響く、聞き慣れた男性の声。父さんだ。

間違いない、これは父さんが『コール』の指輪で魔力を飛ばしてきたんだ。

父さんの声が鮮明に聞こえるのだが、頭の方へ意識を集中しないと飛んできた『コール』の魔力が離れていきそうだ。

右手をこめかみに当てて、意識を集中する。

「あーあー、こちらユータ。父さん聞こえる？」

魔法が使えないので、当然『コール』の指輪で会話する方法なんて知らない。取り敢えず電話をイメージして声を出した。

『ああ、無事届いたのなら良かった。試しに王都へ旅立つ前に使ってみようと思ってね。こうして連絡させてもらった』

「そうなんだ」

『継続時間についても確かめてみたいから、もう少しこのままでいても問題はないかな？』

「うん、大丈夫だよ。今ね、料理人の皆が休憩時間だから、紅茶を用意してクッキーを焼いていたんだ」

このままここにいると邪魔になるかと思い、話をしながら通路の方へ移動する。

『危険なことはしてないかい？』

「大丈夫だよ。リディル、アスルの二人と一緒に作ってたし、危ないことしてたら止められてるって」

『そうか。お前が様々なことに興味があるのは分かってるが、まだ幼いんだ。やっぱり心配してしまうよ』

七歳の子供がちょこまか動いていると、やはり心配なのだろう。

もう何年かすれば信頼してもらえるようになるだろうから、今は動き過ぎないほうが良いな。

『父さん達が王都へ行っている間は寂しい思いをさせてしまうが、ニーナ達やセレアの言うことをしっかり聞いて、いい子にするんだぞ』

声から読み取れる不安を少しでも取り除くために、自分は言葉を紡ぐ。

「分かってるよ。気をつけるから、そんなに心配しないで」

街には警備団がいるし、屋敷のメイド達や料理人のリディル達は魔法を使える。

治安が悪くなっているらしい王都の方がこっちより危なそうだ。

その後、十分ほど話し込んだが一向に『コール』の魔法は切れなかった。

実際に使用していると、試したいことが浮かんでくる。

「そうだ、継続時間の確認ついでに、僕以外の誰かがこの指輪を使えるか試してみてもいいかな？」

『ん？　ああ、別にいいよ。それは父さんも知りたいからね』

話しながら二階へ上がっていく。

そして、セレア姉さんの部屋に到着した。ノックをして部屋に入り、手を上げて挨拶をする。

「どうしたの、兄さま？」

姉さんとぬいぐるみで遊んでいたアイリスが聞いてくる。

そんな妹の頭を撫でながら、魔導具の実験を行いたいと伝えた。

その時、向こうから父さんの声以外の音が全くと言っていいほど聞こえてこず、そして父さんにもアイリスの声が届いている様子がないことに気がついた。

「ユウ兄さま、アイリスにも貸して貸して！」

妹に指輪のことを教えた途端、面白いおもちゃでも見つけたかのように目を輝かせ、欲しがり始めた。ぴょんぴょんと飛び跳ね、エレノーラ母さん譲りのブロンド髪が揺れる。

「アイリス、後で貸してあげるからもうちょっと待ちなさい」

髪を撫で、どうにか落ち着かせる。右手をこめかみに当てたまま、父さんに告げる。

「聞こえたかもしれないけど、アイリスが父さんと話したいらしい。それじゃあ指輪をアイリスに渡すから」

『ん？　ああ、分かった。アイリスに代わるんだな』

父さんはアイリスがいるとは思いもよらず、言葉に詰まったようだ。やはり、アイリスの声は聞こえてなかったのだろうか。

『コール』は他者の連絡先——魔力パスを『コール』の魔法内に登録して連絡を取り合う。

自分が作った魔導具は、指輪に『コール』の詠唱文を刻み、いわば指輪自体を『コール』の魔法に変えたようなものだ。

正直、魔法がどういうものかは自分には分からないが、おそらく『コール』は目に見えない通信魔法、つまりは電話ということだ。

そういえば、そもそも父さんは今どこにいるのだろうか？

「ちょっと聞きたいんだけど、父さんって今どこにいるの？　屋内だったりする？」

『いや、街に出ているが？』

「じゃあそれなりに遠くから通信してるんだね。父さんの声以外の音が聞こえないんだけど、今って周りに誰かいたりする？」

『護衛が近くにいる。街の喧騒は聞こえているぞ』

「なるほど、やっぱり連絡している人以外の音は聞こえないんだ。ありがとう。それじゃあアイリスに代わるね」

外に出ているのに周りの音が全く聞こえないなら、電話と完全に同じとは言えない。

指輪で声を拾っているのではなく、魔法で連絡を取っているということなのか。

電話だったらアイリスに渡すだけで通話ができるのだが、指輪だとどうなるのだろうか。

父さんから飛んできた魔力は今も指輪に繋がっている。

故に、指輪を渡せば誰でも、父さんと話せるはず。

そう考えつつ指輪を外した途端、先ほどまで感じていた『コール』の魔力が離れていき、父さんの声が聞こえなくなった。

そして、指輪をアイリスの指に嵌める。明らかにゆるゆるだ。

「父さまの声が聞こえるよ～？」

アイリスは、突然頭に響いた父さんの声に驚き、辺りを見回している。

それを見たセレア姉さんが、指輪を指した。

「ほら、アイリス。聞こえる声に集中してみなさい。そうすれば父さんと話せるわよ」

「ん～？」

可愛らしく首を傾げるアイリスに、姉さんは小さな溜め息を吐いて、もう一度説明した。

その隙に自分は部屋から退出する。

そろそろメイド達の洗髪が終わってる頃だ。少しばかり急いで階段を駆け下りた。

第二十一話　愚かな自分と記憶の図書館

一階のリビングルームに向かうと、そこには既に洗髪を終えて集まっていたメイド達が、思い思いに過ごしていた。

どうやら待たせてしまったらしい。

リビングに入ると同時に、待たせたことを謝罪して、早速彼女達の感想を聞いてみた。

すると、はちみつとオリーブオイルを加えた石鹸シャンプーの方は良かったが、はちみつとお湯で作ったはちみつトリートメントの方は不満が出た。

髪の感触は良くなったらしいが、僅かばかりかゆく感じるらしい。

だが、自分の記憶ではこれで合っていたはずだ……と考えた辺りで、一つの疑問が浮かんだ。

——前世で集めた知識を記憶していても、その知識が誤っていた場合、または間違って覚えていた場合はどうなる？

生まれ変わってから、前世で集めた知識に絶対の信頼を置いていたことに、今になって気がついた。

完全に自分の失態だ。記憶の図書館で調べるということが可能であったにもかかわらず、シャンプーのことは間違いなく覚えていると過信していた。

「あの、ユータ様？　大丈夫ですか？」

「え、なっ、何が？」

メイドの一人が自分の異変に気がついたようで、思わずうろたえてしまった。

「急に顔色がお変わりになられたので、体調でもお崩しになったのではないかと」

心配そうな彼女に、適当に「大丈夫、何でもない」と答える。

胸中では自分の知識に対して、疑念が渦巻いていた。

自分が間違っていないという証拠が何処にあるというのか。

中には流し読みをした本や記事だってあるかもしれない。そんなことばかり考えてしまう。

知識は覚えていても、それが正しい保証はない。

思わず「しまった……」と小さく呟いた。

呟きは誰に届く訳でもなく、世界に落ちて消えていく。

ひとまず、はちみつトリートメントの使用を一旦止めて、石鹸シャンプーだけを使ってもらうことにした。

その場合であっても、使用前にはちみつを肌に塗って、異常が出ないことを確かめてから使って欲しいと伝える。

結局ドライヤーのお披露目《ひろめ》をする気にもなれず、メイド達の顔を見ないようにして、足早に自室へ戻ってしまった。

自室に入ると、ドアをすぐに閉めて溜め息を漏らす。

「はぁ……」

生まれ変わってから、することなすこと上手くいっていたことで、変な自信を持っていたようだ。

自分は多くの知識を持っていると酔っていたのだ。

「あぁぁあぁぁぁあ……」

ベッドへ倒れ込み、枕に顔を埋《うず》めて小さく呻いた。

昔から、物事を投げ出し逃げてしまう癖がある。特に、誰かのための行動が失敗してしまうと、自分の殻《から》に篭もってしまう。

生まれ変わっても尚、この癖は直らなかった。自室に戻り、今こうしているのが証拠だ。

前世でも何か失敗するたびにこうしていた。

たぶん、投げ出して楽になりたいのだろう。

枕に顔を埋めながら、ぐずぐずとそんなことを考えていた。

結局、誰かの役に立ちたいと思っていても、それは自分のためなんだろうな。

前の生でも、褒められたくて、頼ってくれるのが嬉しくて物作りを始めたんだった。

振り返ると、いかに自分が小さい存在なのかよく分かる。

枕から顔を離し仰向けになった。

「また逃げ出して……馬鹿だな」

口に出したことで急激に頭が冷えていく。

自分を支配していた全能感は、綺麗さっぱりなくなった。

結局のところ、自分がしているのはコピーでしかない。それに気がついてしまった。

身体を起こして立ち上がると、おもむろに頬を両手で叩いた。

乾いた音が部屋に響いて頬がじんじんと痛み、僅かに熱い。

「落ち込むのはこれで終わり！」

無理やり、下降気味だった気持ちを切り替える。

このまま、うだうだと悩んでいても意味がない。困っているのは自分ではなくてメイドの皆だ。

改めてメイド達に謝罪して、安全な洗髪料を作ろう。

「記憶の図書館へ行こう」

ネガティブな考え方はやめようと前に決めたはずだ。今はできることを、やるだけやってみればいい。

図書館には、自分がすぐには思い出せない記憶もきちんと保管されていた。

知識が正しい保証はないが、せめて原典には当たっておこう。

ベッドから降りて机に向かい、引き出しから一冊の白い本を取り出すと、背表紙を確認して開いた。

第二十二話　謎の人物、謎の魔法

「はちみつは肌荒れに使った方が良いのかな。使うにしてもアレルギーに気をつけなければいけないし、いきなり使わずに徐々に慣らすと……」

記憶の図書館に来て一時間は経っただろうか。

不思議なことにはちみつに関する本が置かれている場所が自然と認識できた。そのことに動揺したものの、すぐに慣れて今度はシャンプーの本を読み漁っていた。

そうして丁度読み終えた時、ふと気配を感じたので、視線を上げた。

「ん？　あれ、人がいる……」

二階に、眼鏡を掛けている、白いローブを纏った青年がいた。落下防止の手すりに背を預けて本を読んでいる。

彼は何処から来たのか、一体誰なのか。そう思っていると、不意にこちらを見た男性と目が合ってしまった。そこで、自分は声をかけることにした。

「あの、すみません。ちょっとお聞きしたいことがあるのですが、よろしいでしょうか？」

自分と男性以外に人がいないので、声がよく響く。

「やっぱり君を選んで正解だったよ。前に見た時よりも美しい魂をしているね」

彼は優しそうな笑みを浮かべそう口にし、右手を上げた。

一階にぽつんと設置されている長机。そこに置いてあるのは『記憶の図書館』の本。

彼はそれを指差し、言葉を続ける。

「その本は私からの贈り物だよ。気に入ってくれたかな？」

「それは一体……どういうこと、でしょうか？」

「湖上君……いや今はユータ君の方が良いのかな？　君は神という存在を信じるかい？」

いきなり突拍子《とっぴょうし》もない、おかしなことを聞いてきた彼は、どういう訳か自分の前世を知っていた。

だが、驚きや恐怖はなく、不思議と安心感を抱いた。

自分を「選んだ」と彼は言った。

もしかして、二度目の生に関わっているのではないだろうか。

魂についても口にしていたが、人の魂を見ることなどできるだろうか。

このままだんまりでは悪いと思い、一旦考え事を中断して言葉を返す。

「神ですか。生憎自分は無神論者《むしんろんじゃ》なので、一般的な意味での神は信じていませんね」

無神論者、無宗教だが運を試す場面で神頼みをしたことはある。

ああいうのは大抵、神を信じて祈っている訳ではない。ただ、祈る対象に神という名を使用しているだけだ。

「そうですか。ではここで私が神だと言っても信用されませんね」

彼は少し悲しそうにそう言って、自分がいる一階へ降りてきた。

この空間では宙に浮くことができる。彼もそれを知っていたらしい。

「君に信じてもらえなくとも、私はそう名乗るとしよう。改めまして、私は人間が言うところの神という存在だ」

目の前に降り立った彼はそう言った。

まだ上手く呑み込めないが、彼が人間とは違う存在だというのは感じつつある。

それは、理屈などではなくただの勘なので、ひょっとするとヤバイ人という線もあるが、一応神ということにしておこう。

「信用していなくても、理解して頂けたようで何より」

こちらの様子を窺い、納得したのを読み取ったようだ。

そして、彼は再び口を動かし始める。

「さて、こうして邂逅《かいこう》を果たしたんだ。何か聞きたいことはないかな？」

邂逅ね。狙ってここに来たように思えるのだが、何か目的でもあるのだろうか……？

ともかく、神だと言うなら、自分の前世について聞いてみるとしよう。場合によってはボロが出て偽物だと分かるかもしれない。

「では、単刀直入にお尋ねしますが、私をこの世界に転生させた理由を教えて頂けますか？」

神という存在についての情報は全くない。気まぐれで人を転生させるような輩《やから》かもしれない。

しっかり見定めなくては。

疑いを込めた目で神を見る。すると彼は一瞬、ビクッと身体を震わせ、しかし何事もなかったかのように装い、口を開いた。

「君を転生させた理由、それは『みこ』の面倒を見てもらうためだよ」

みこ――巫女《みこ》？　神に仕えて神事を行う者の面倒を見ろということか？

「神託を告げる女性の『巫女』ではないよ。私が言っているのは、神の子と書いて『神子《みこ》』と読む存在だ。文字通り、神の子供という意味合いだ。まずは説明しよう――」

彼は神子という存在、そして自分を転生させた理由と目的を告げた。

この世界で死を迎え、魂だけの存在となった者の中から、神へ昇華しうる素質を持った魂へ、彼は仮初《かりそめ》の身体を与えた。

その子ら――神子――と自分は巡り合う運命にあり、出会った時に、お互いに運命の相手だと認識するようだ。

ここで、自分は質問した。

「この世界には神殿があります。であれば、神殿の神官に神子の面倒を見てもらう方が良いのではないでしょうか？」

そう提案したのだが、彼は首を横に振った。

「残念ながら、それはできないんだ。もし神子の正体がバレてしまえば、神官達は神の子供として面倒を見てしまう。そうなれば神子は普通の人間の機微を学べず、争いの火種になってしまう。これは既に前例があってね、だから現地の人間には頼めないんだ」

彼は僅かの間悲しそうな顔をしたが、すぐに気を取り直して説明を再開した。

彼がいる神の世界――神界《しんかい》の規定により神は神子に直接関与できない。

現地の人間にも頼れないため、別世界の認識が異なる人間に、神子の世話をしてもらおうということになった。

そして巡り合う可能性がある――これは転生のタイミングが丁度良かったということだろう――人間の中で優秀な魂を選んだ結果、自分が選ばれたということらしい。

「人間の世界を学ばせるため、どうか神子の世話をしてくれないだろうか」

「あ、頭を上げてください！　神なのですから、そう簡単に人に頭を下げないでください！」

神――いや神様は頭を下げて自分に頼んだ。

おそらくこうやって頼んだら断れないということまで考慮して自分を選んだのだろう。うがち過ぎかもしれないが、正直断りにくいのは事実だ。何故なら、二度目の人生を与えてもらったことには感謝しているのだから。

どうにか頭を上げてもらおうとするが、彼は体調の悪そうな声色で話す。

「いやもう、ほんと、無理なんで。僕は神だとか言ってますが、まだ神になって三百年ほどの新参ですし、元々平民なのであなたのような貴族様に伍《ご》して偉そうに話すのはもう辛くて吐きそうで、ううっ、おえっ……」

言葉の後半でえずき始め、膝までついている。その背中を擦《さす》ってやる。

水分を取らせたいが、ここに水はない。それなら現状でできる対処をして、彼の気を落ち着かせよう。

「ひとまず横になりましょうか。頭は動かさないでくださいね。そうです、何か楽しいことを思い浮かべて気分を変えましょうか」

そう言いながら神様の手に触れて、吐き気を抑えるツボを押していく。

他のツボも押し、両手の薬指を少し強めに揉む。

「はーいリラックス、リラックス。今は気持ちを落ち着けましょうね」

「ううっ、すみません」

「別に気にしてませんから、こういう時はありがとうって言うんですよ」

「ありがとうございます」

「どういたしまして」

できるだけ優しく接して、神様の気持ちを和らげる。

「神なんて大仰《おおぎょう》に名乗っていますが、世界の均衡《きんこう》を保っているだけなんです。世界を創造している訳ではないので、貴族様との対面は心苦しいというかなんというか」

「世界を守っているのでしょう？　それは十分誇って良いことですよ。あなたのお陰で人々は平和に暮らしていけるんですから」

マッサージを続けながら、神様を励ます。

そうして、彼の気分が収まったのは十分ほど経った頃だった。

立ち上がった神様は、お辞儀をして礼を言った。

「本当にありがとうございます。まさか、貴族様のオーラでここまで体調が悪くなってしまうとは思ってもみなくて」

　頭を掻き申し訳なさそうに言った後、一度息をつき再び話し始めた。

「ああ、そうです。もうすぐ王都で公爵様主催の舞踏会が開かれますよね？　その舞踏会へご参加ください。そこへ神子がやって来るはずです。いや〜これを伝えるのが目的だったんですよ」

　やっと伝えられた、と最後に付け足して、神様は別れの挨拶と共に音もなく消えていった。


　神様が去った後も館内の書物を漁っていると、新たな秘密が判明した。

　この図書館にある書物は、外の世界へ持ち出すことができない。

　一度試してみたのだが、『記憶の図書館』の本以外はこの場所から動かせなかった。

　持ち出そうとした本は移動する瞬間に手から消え、次に記憶の図書館に行った時には元の本棚に戻されていた。

　この空間があまりに心地よいため、つい長居をしてしまうが、やらなくてはいけないことがあるので、『記憶の図書館』を閉じて元の世界へ帰る。

　視界が切り替わるのは一瞬で、慣れればどうということはない。

　戻って来た自分は椅子から立ち上がると、壁掛け時計を確認した。

　本を開いてから三分も経っていない。やはり、時間の流れ方が違うのだ。

　あの空間にいる間、自分がどのような状態でいるのかは分からないが、姿が見えなくなっていたとしても、ほんの数分の出来事だ。皆が気づいて騒ぎになるようなことはないだろう。

さて、誰でもいいのでメイドを探そう。失敗を取り返さなければ。

適当に捕まえたメイドの一人に、新しい頭髪用洗剤を用意することを他のメイドに伝えて欲しいと頼んだ。

「また後で僕も謝りに行くけど、先に伝えておいてね。それじゃあ、お願い」

そのまま自室には戻らず、敷地内を走り回って材料を集める。

今回は精油《せいゆ》も作りたいので、そのための魔導具も作らなくてはならない。

これに関しては記憶の図書館内で本を読み、知識の補完もしたので形にできるだろう。

なので、精油に使うラベンダーを探しに屋敷の外へ出た。

エレノーラ母さんは女性らしく花が好きであり、庭でバラやローズマリーなどを育てている。ラベンダーはあっただろうか？

別にローズマリーでもいいのだが、個人的にラベンダーの香りを好んでいるので、それを使うとなればやる気にも繋がる。

花の手入れを行っていたメイドがいたので声をかけようとしたところ、先に向こうが気づいた。

「これはユータ様。どうかなさいましたか？」

抑揚《よくよう》を抑えた話し方をするシーニャというメイドが話しかけてくる。

彼女は料理人のアスルの妹だ。アスルと同じで、眠たそうな顔をしている。

そしてこれも兄と同様、別に眠たい訳ではないらしい。

まあ、それはどうでもいい。ラベンダーの花について彼女に聞いてみた。

「ラベンダーでしたら、ドライフラワーにした物がございましたね。ご入用《いりよう》とあればお持ち致しますが、如何なさいますか？」

どうやら既に乾燥させたラベンダーがあるらしい。

精油にするにはドライフラワーにする必要があったのだが、思いがけず手間が省けた。シーニャの申し出を受け入れ、五十本程度の穂先を部屋に運んで欲しいと頼んだ。

小瓶一つの精油を作るには、二百本は必要だったはず。

今回はまだ実験段階なので小瓶の四分の一程度で十分。

シーニャにドライフラワーを運んでもらっている間に、シャンプーやリンスに使う材料を集めるとしよう。

第二十三話　遅々とした進み

そして、材料が集まった後、部屋に運んでもらったラベンダーのドライフラワーを使い、新たに作製した魔導具で、精油――エッセンシャルオイルと芳香蒸留水――フローラルウォーター、ラベンダーウォーターとも言う――を作り出すことに成功した。

ドライヤーの一件で気づいた魔導言語の使い方が役に立った。

魔導具の各パーツにやや複雑な仕事を与えることで、少々面倒な精油作りも楽に行うことができたのだ。

本来、精油は植物の花、葉、樹皮などを原料にして主に水蒸気蒸留で作る。このやり方だと、成分を抽出するまでに多くの手間と時間がかかる。

そこを省けるのが、魔導言語と魔導具の強みだ。文字を刻むことさえできれば、細かな理屈などはすっ飛ばして成分を抽出できる。

ズルをしている感が凄まじいのだが、魔導言語は短い文でも魔力を大量に消費するのだから、自分的にはとんとんだ。

むしろ長い文章でも刻めると判明したせいで、一回ごとの消費魔力が多くなったので、相殺というよりマイナスに傾いている気がする。

魔導具作製を繰り返したことによって魔力の保有量はかなり増したが、それでも一度に大量の魔力を消費する倦怠感はかなりのものだ。

若干の疲れを感じながら、黙々と固形石鹸をおろし金ですりおろして、ボウルに移す。そこにお湯を加えて練る。

練り込んだところで、先ほど作った精油を少量入れて、更にはちみつも加える。

今はラベンダーから作った精油しかないので、ラベンダーの香りがするシャンプーしか作れないが、いずれは違う香りの物も作りたい。

さて、詰めるためのシャンプーボトルだが、今まではボトルにただシャンプーを入れただけだった。

折角なので、この際新調する。水色のスライムゼリーを、シャンプーボトルの形にする。ポンプディスペンサーも作ってみた。

容器内の液体を汲み上げる部分は、手押しポンプと同じような仕組みである。

スライムゼリーの汎用性《はんようせい》の高さに驚いている間に、複数個のポンプディスペンサーが完成した。

素材が素材なので全ての容器が水色だ。水色以外のスライムは存在しないのだろうか？

そもそも、スライムからどうやってスライムゼリーを採るのかも知らない。

自分は基本的に屋敷に篭っており、あまり街に出られないので、こういう知識は書物からしか得ることができない。

街は危険だからなのだろうが、父さんと母さんの過保護っぷりが少し気になる。

そんなことを考えつつ作業に没頭していると、いつの間にか結構時間が過ぎていた。

「ユウ様、お夕食の時間となりましたのでおいでくださいませ」

ドアのノック音の後にニーナの声が届く。

「もうそんな時間？　分かった。今、行くよ」

簡単に机の上を片付けて、部屋を出る。

部屋の前ではニーナが待っていて「ユウ様、お手を」と朝と同じやり取りをする。

自分は苦笑いを堪《こら》えながら彼女の手を取り、ダイニングルームへ向かった。


食事を終えると、メイド達の集まる休憩室へ向かった。

先ほどのことを謝罪するためだ。いくつになっても謝罪というのは緊張する。食事中もそればかり考えてしまって、食べ物が喉を通らなかった。

ノックして入室した後、自分は即座に頭を下げた。

「途中で投げ出したりして、ごめんなさい！」

できる限り、深く頭を垂れる。

この世界の貴族には別の謝罪の作法があるのだろうが、それでは自分の気持ちは伝えられない。

そう思い、前世と同じように頭を下げた。

「え、あの、取り敢えず頭をお上げください」

突然自分が頭を下げたので、メイドの皆は取り乱している。

メイドを代表してカミラが聞いてきた。

「一体何のことをおっしゃられているのでしょう。ご説明していただけないでしょうか？」

顔を上げて皆の顔を見回すと、全員狐につままれたような表情をしていた。

だから、自分は理由を説明して、再度頭を下げ謝罪をした。

そして、新しく作ったシャンプーと、お披露目をし損なったドライヤーを部屋から持ってきて、改めてそれぞれ説明する。

……正直、話題を変えて追及を逃れようとしたことは否めない。

もしかしたら何か言われるかもしれないと思っていたが、皆は新しく作ったシャンプーと、魔導具のドライヤーを珍しそうに触っているだけだった。

「あの、何か言いたいことがあったら遠慮なく言っていいから！」

飛んで来るだろう言葉を覚悟し、自分は目を瞑《つむ》って俯いた。

すると、誰かが近づいて来た。

「ではご無礼ながら申し上げます」

いつも聞いているから、声の主がニーナであるとすぐに分かった。

精神年齢が身体に引っ張られて下がっているのか、怒られることに対して身体が思った以上に力《りき》んでおり、顔を上げられない。

「洗髪が終わりましたら、このドライヤーという魔導具を使って私の髪を乾かしてもらえないでしょうか？」

「……え？」

想像していたのとは全く違った言葉で、思わず気の抜けた声を漏らしてしまう。

気づかない内に握りしめていた拳を開き、顔を上げた。

「聞こえなかったようですので、もう一度――」

ニーナがそう言い出したのを「いや、聞こえてたから。大丈夫だよ」と遮る。

「髪だよね……うん、僕で良ければ喜んでやらせてもらうよ」

すると、ニーナの口角がピクピクと引きつった。

緩みそうな頬をどうにか抑え、いつも通りの表情を浮かべようとしているのだろう。

結果的に、真顔で口角がピクピク動いている状態になっている。

「えっと……それで、他に言いたいことはない？」

「他に、と言いますと。特に思い当たることはございませんが……？」

皆ニーナと同意見らしく、顔を見合わせるばかりだ。

埒《らち》が明かないので自分から聞いてみた。洗髪料の実験台にした挙句、髪を傷つけたのを許すのか、と。

だが、彼女達は、尚も自分を責めなかった。

元々試験目的だということは察しており、そして使用することを選んだのは自分達だから、責めるも何もないのだと。

更にこうして新しくシャンプーを作ってきてくれたので、感謝はすれどその逆はありえないと言われてしまった。

この言葉を素直に受け取った方がいいのだろうか。

いや——受け取っていいのだろうか。自分の甘さが招いた過《あやま》ちだというのに……。

頭の中に色々な考えが浮かび、結論に辿り着いた。

彼女達が許してくれるとしても、自分は詫びなければならない。過ちは過ちなのだから。

それならば、もっと彼女達のための物を作ろう。

自分にできる償いはこれだ。

そんな決意から数十分が経った現在。ここ、リビングルームにある椅子には、長蛇《ちょうだ》の列ができ上がっていた。

その光景に早くも慣れてしまった自分は、ドライヤーから出る小さな風を、椅子に座っているメイドの髪に当てる。

絡まった髪を手櫛《てぐし》でほどきながら、前髪側の根本から乾かしていく。

シャンプーを作るならやはり、髪の乾かし方も気になるものだ。

何も知らなかった頃の自分は、髪を拭いた後は自然乾燥だった。

しかし、自然乾燥に頼ると頭皮に雑菌が繁殖《はんしょく》しやすくなることや、頭皮の臭いの原因、髪質の低下に繋がってしまうことを知った。

その時は驚きのあまり、柄《がら》にもなく大きな声を上げてしまったものだ。

実際デメリットは大きく、前世の友人に、自然乾燥のせいで頭部が相当ハゲ散らかってしまった者がいた。

ハゲの家系ではないにもかかわらず、彼だけ頭皮が寂しいことに……。

希少価値のあるハゲだ！　と声を大にして自らを励ましていたのだが、その光景はとても痛々しかった。

そうはなりたくない一心で、洗髪の方法やシャンプー、髪の乾かし方を調べ、丁度今メイドに施している方法を知った。

前髪の根本をある程度乾かし終えたら全体の根本に移り、そして毛先へ。

本来はニーナだけの予定だったが、最初にリビングに戻って来た一人が自然乾燥させているのを見ていられず、思わず説得してドライヤーをかけてしまった。

それならば自分もとメイド達が次から次へと並び始め、ニーナがリビングにやって来た頃には行列ができ上がっていたのだ。

「はぁ～、気持ちいいです。ユータ様は、本当に器用でいらっしゃいますね」

彼女はうっとりした声で言った。

このドライヤーの音は大きくないので、乾かしている最中でも会話が可能だ。

「そうかな。でも、皆の役に立っているなら僕としても嬉しいよ」

手を止めずに、オーバードライ――乾かし過ぎないように気をつけながら言葉を返した。

このメイドは、髪に癖がないのであまり関係ないのだが、癖がある人の場合は癖毛になっている部分から髪を乾かすと良い。

濡れている時が一番癖毛を直しやすいので、こだわりたい部分を先に乾かせば失敗せず乾かすことができる。

今度兄さん達の髪も乾かして、このことを伝えよう。

特に兄さんはこの家を継ぐだろうから、身だしなみには気をつけなければならない。

髪型一つで他者に与えるイメージはガラリと変わる。

貴族なのだから、地位に相応しい姿をしなければならない。

そして、兄さんの人気が出れば、兄さんの肖像画を一部貴族に高額で売ることも可能。

物を複製する魔導具を作れば、一般層にも兄さんの肖像画を売れる。

そうすれば、街中にカイル兄さんの顔を広められる。

まるでアイドルのようだが、それだけ兄さんの顔は整っているということだ。

それはともかく、メイドの髪の手入れも終わりに差しかかった。

既に全体を乾かし終え、今はヘアブラシを使いつつ冷風で髪型を整えている。

「冷たい所はない？　あったら教えてね」

最近になって発売されたこのヘアブラシは、素材は獣の毛で頭皮に優しいのだが、長く使うと髪に絡まるようになってしまう。

すぐ劣化するため、頻繁に買い替えることになる。ヘアブラシはまだお金に余裕のある人が購入する物だ。

魔法によって文明の進みが遅いのであれば、速めることに自分が協力しても良いのではないだろうか。だとしたら、どんな方法があるだろう。

「うーん……」

「ユウ様、そろそろよろしいのではないでしょうか？」

考え事に意識の大半を割《さ》いていたからか、目の前のメイド一人に時間を使い過ぎてしまっていたようだ。

それを次に順番が回ってくるニーナに指摘されてしまった。

「あ、ごめん。髪はどんな感じかな？　変じゃない？」

ニーナに謝った後、目の前のメイドに聞く。

「いつもよりサラサラしている感じがしますね。ユータ様にこんなことをしてもらって、何か申し訳ないです」

「僕がしたくてやっていることだから気にしなくていいよ。それじゃあ、次はニーナだね。さあ、座って」

ようやく番が回ってきたニーナに、座るよう促す。

「それでは、失礼します」

ニーナが目の前の椅子に腰掛けた。

どことなく頬が緩んでいるニーナの、淡い青色の長髪に触れる。

まだ僅かばかり水が滴《したた》っていたので頭皮は拭くように、毛先は挟んで押さえるようにしてタオルで水分を取る。

髪を拭く時も、ダメージを与えないように気をつけた方が良い。

シャンプーの選び方や洗髪方法、拭き方から乾かし方まで、心がけなければならないことは多い。

そうして、ようやく綺麗な髪に仕上がるのだ。

この世界に植毛があるのか分からないので、男性であっても無視できない話である。デルバード父さんとカイル兄さんにも、頭髪について話した方がいいだろう。

イケメン坊主なら需要があるが、おっさんのハゲは好まれない。

いや、一部の方には需要があるかもしれないので、一概に決めつけるのは駄目か。

「ユウ様はデルバード様方としばらく離れることになりますが、お寂しくありませんか？」

ニーナが不意に聞いてきた。

将来父さん達の頭部が寂しくならないか、ということは考えていたのだが、自分が寂しいかどうかなんて全く気にしていなかった。

言われて考えてみたものの、この家にはニーナも他のメイド達も、セレア姉さんや妹のアイリスだっている。これだけの人がいるので、あまり寂しいという気持ちは湧いてこない。

だが、全く寂しくないと言えば嘘になるだろう。

精神年齢は、おそらくこの家にいる誰よりも高い。だが、如何せん心は齢《よわい》七歳の身体に引っ張られる。

なので、多少ではあるが寂しいと思っている。

今はそれを長年培《つちか》った理性によって抑えているのだ。

ひょっとすると、ふとした拍子に、抑えつけていた寂しさが表に出ているのかもしれない。

彼女はそれに気づいたのだろうか。

「……そう、だね。多分寂しいんだよ、いつも。だから、皆のために何かしたくなるし、人の役に立ちたいって思いが人一倍強いんだ」

この「寂しい」という感情は、今考えてみると、昔から持っていたものだ。

誰かのために何かをすれば、認めてもらえる。それだって、構われたいという思いが源泉だ。

承認欲求はこの身体に生まれ変わっても尚、大きいのだと思う。

「でも、この家にはニーナだって、メイドの皆だっている。それに姉さんもアイリスもいるんだから、これで寂しいって言うのは欲張りだと思うな」

何も言わずに聞いてくれるニーナの髪に、優しく触れる。

「なんて、カッコつけ過ぎちゃったかな」

彼女の髪に温風を当てながら、恥ずかしさを隠すように笑った。

幼い身体に引っ張られて、すぐに動揺する。

喜びと哀しみが交互に訪れるなんて経験をしたのは初めてだ。

少しばかりの沈黙の後、ニーナが言った。

「私がエレノーラ様の代わりを務める必要はなかったかもしれませんね」

「ははは、何か変だと思ったらそういうことだったんだ。でも気を遣ってくれたのはとても嬉しかったよ。ぜひ父さん達が王都に行っている間も……あっ！」

あれ、この歳でもう認知症かな？　ほんの少し前の出来事がすっかり頭から抜けていた。

いやいや、こんな落ち着いている場合じゃない！

「ユウ様、どうかなさいましたか？」

「やばい、父さんっていま執務室にいるかな⁉　伝えなきゃいけないことがあったのにすっかり忘れてた！」

「ええ、おそらくまだ執務室に居《お》られるかと。ドライヤーはお預かりしますので、デルバード様のもとへ向かわれては如何でしょう？」

「ごめん、お願いするよ。それじゃあ、ちょっと行ってくる！」

「行ってらっしゃいませ」

ドライヤーをニーナに渡すと、一目散に執務室へ向かった。

リビングルームから執務室までは遠くないので、すぐに到着した。

乱れた息を軽く整えてから、ドアをノックする。

「父さん、ユータだけど今時間あるかな？」

「ああ、入っていいよ」

内側に開かれたドアを抜け、入室する。

メイドが一人いるが別に聞かれて困る話ではないので気にせず、紙とにらめっこしている父さんのもとへ向かった。

「それで、こんな時間に何の用かな？」

夜も更《ふ》けつつあり、いつもだったら自分は寝ている時間だ。

「こんな遅くにごめん。どうしても伝えたいことがあって」

「伝えたいこと？」

父さんは持っていた紙とペンを机に置いて、話を聞く体勢になった。

自分は早速切り出す。

「公爵様の屋敷で開かれる舞踏会に、僕も行けないかな」

「んー、今から手紙を送れば参加できないこともないけれど、一体どうしたんだい？」

「……どうしても行かなきゃいけない理由があって」

まずい、理由を考えるのを忘れていた。

神様から王都へ行くよう神託（？）を受けたからとは言えないし、王都に詳しくないからどんな理由なら変に思われないのかも分からない。

そもそも、王都で開かれた社交界デビューの場で自分が嘲笑の的《まと》にされたことは、父さんもよく覚えているだろう。どうしたものかと考え込んでいると、父さんが言った。

「まあいいよ。人間、言えないことの一つや二つあるだろうからね。でも、後で教えてくれるんだろう？」

「うん、言える時が来たらその時は絶対に教えるから」

父さんの言葉に力強く答えた。

今回の件は正直に言っても信じてもらえるかは怪しいが、取り敢えず今度神様と会った時に、父さんに言っても良いか聞いてみよう。

「それなら構わないよ。じゃあ、早速僕は手紙を書くから、ユータは舞踏会に着ていく服を選ばないとね」

そう言ってサラサラとペンを動かし、僅かな時間で手紙を書き上げた。

その手紙を待機していたメイドに渡すと、父さんは再び口を開いた。

「よし、今日の仕事はこれでやめやめ。それより母さんと一緒にユータの服を選ばないとね。母さんは部屋にいるかな？」

ほら行くよ、と手を引かれ、父さんと母さんの部屋へ向かった。

翌日、朝食を取った後、自分は父さん母さん、そしてメイド二人と街の服飾店を訪れていた。

昨日は父さん達が服を見繕ってくれたのだが、結局二人が納得しなかったので新しい服を買いに行くことになったのだ。

そこは一般市民では手が出ない値段の服を売る店であり、派手で凝った外観が目についた。

人目を引くという意味では効果的だが、少々目に優しくない色使いでもある。

「さあ、入ろうか」

「ユウに似合ういい服はあるかしら？」

父さんと母さんは妙に張り切っていた。

「いらっしゃいませ！」

店に入るやいなや、待っていたとばかりに店員が息の合った挨拶で迎えてくれる。

「これなんか、似合うんじゃないか？」

「父さん、それはいくらなんでも派手過ぎると思う……肩に羽生えてるし」

両親は、早速目についた服を次々と手に取っていく。

当然服を持たされるのは二人のメイドだ。彼女達の手にどんどん積もっていく服を見て申し訳ない気持ちになる。

こんなに候補があっても困るよと言いたいところだが、それを口にする間もなく試着室に押し込められた。

「これの次はこっちの青い方も着てみて」

「分かったよ」

一着で幾らするのか分からないが、それでも手間のかかった服だということは見れば分かる。

最初に着たのは、袖の内側にまで細かい刺繍《ししゅう》が施された、赤いジャケット。

ズボンは黒色のシンプルなデザインだ。
二、三着目は色違いの服を、その次はまた違うデザインで、更にその次は一つ前に着た服の色違いを……という風にたくさんの服を着せられた。
それでもなかなか決まらず、母さんは一度父さんと相談することにしたようだ。

二人で話し合ってくれるのなら、何もしなくていいので助かる。

「白は少し地味ね。貴方、赤色はどうかしら？」

「うーん、そうだね。赤もいいとは思うけれど僕は黒が似合うと思うな。黒じゃないにしても、暗めの色がいい」

「それなら、中は藍色でその上に淡い青の服なんてどうかしら？」

「それじゃあ、ズボンは明るい色が良いかな」

流石は夫婦なだけあってあまり衝突せず、服の色が決まった。だが色は決まったものの、デザインは依然として決まっていない。結局、再び着せ替え人形になった。

小一《こ》時間は経った頃、ようやく候補を絞った両親はいくつかの服を購入した。

「さて、候補は絞れたし、手の空いている人を集めて意見をもらおうかしら」

「そうだね。カイル達にもいくつか買ったことだし、あの子達にも一緒に着てもらうとしよう」

どうやら着せ替え人形の役目はまだ終わらないみたいだ。

この後行われるであろう屋敷内でのファッションショーを想像すると寒気がする。大勢に注目される経験が少ない身としては、ぜひ遠慮させて頂きたい。

だが、それは叶わないのだろう。少し先の未来を考えて、今から憂鬱《ゆううつ》になるのだった。

第二十四話　出発

「エレナ、カイル、ユータ。準備はできたかい？」

デルバード父さんが、母さんと兄さんと自分に声をかけた。

屋敷に残る姉さんやアイリス、メイド達も全員外に出て、舞踏会へ行く自分達の見送りをしてくれている。

この街エーベルから王都までは馬車で約半日。すぐに帰って来ることはできないので、忘れ物がないか最終確認を行っていた。

その間に、メイド達が協力して、母さん達の荷物を馬車に積み込んでいる。

「私の方は準備完了よ。カイルはどう？」

「大丈夫です、お母様」

「ふふっ、なんだか新鮮だわ。貴方達、ありがとうね」

兄さんの改まった口調に気を良くした母さんが、メイド達に労《ねぎら》いの言葉を掛けた。

舞踏会に備えて、兄さんは今から話し方を変えている。

こうして身体に染み込ませることで会場でも自然に振る舞えるようになる、ということらしい。

この世界の爵位の序列は、伯爵位の上が辺境伯、侯爵、その更に上が公爵となっている。

ホレスレット家は伯爵の位だから、今回舞踏会を主催するエヴァレット公爵家は三つ上の位という訳だ。

粗相《そそう》をしないように心掛けるのは良いことだが、今から身体に覚えさせないといけないという兄さんのことは不安だ。

「ユータも準備はできてるかい？」

「うん、こっちも準備万端だよ」

昨日は屋敷内でのファッションショーの後、新しい魔導具を作った。そういう意味でも準備は整っている。

わざわざ作った物だけど、使わないに越したことはない。

治安が悪化しているらしいので、保険として用意した。

「お土産、良いの頼んだわよ」

「任せてよ、姉さん。滞在期間は短いけど、きっと良いお土産を見つけてみせるから。楽しみにしてて」

「いってやっしゃい、にーしゃま」

「まだ眠たいのに、見送りのために早起きして偉いね、アイリス」

セレア姉さんの服を掴み、空いている手で目を擦っている妹の頭を優しく撫でた。

まだ日が出て間もない。いつもならまだぐっすりと眠っている時間だ。

それが言葉に表れており、上手く舌が回っていなかった。

「準備はできたね。それじゃあ、出発しようか」

自分と父さん、母さん、兄さんの四人は馬車に乗り込む。

父さんが窓から顔を出して外の姉さん達に言い含める。

「私達が留守にしているからと言って、危険なことはしないようにね。それと、夜更かしはしないこと。それから、何かあればニーナ達にちゃんと伝えるように――」

まだ続けようとする父さんを、母さんが止める。

「貴方、その辺りにしておいたら」

「コホン……とにかく、危ないことはしないようにね」

咳を一つして、父さんはそう締めくくった。

その後、母さんはメイドのニーナやカミラと二言三言《ふたことみこと》言葉を交わして、自分は姉さんに昨日渡しておいた『コール』の指輪の使い方を改めて伝えた。

王都に到着したらこちらから指輪を使って連絡するから、と約束したところで出発となった。

「それじゃあ、出発してくれ」

父さんが御者《ぎょしゃ》に告げると、馬車は進み始める。

今の馬車の速度は徒歩より少し速い程度だ。

街の外に出ればもう少し速度が出せるのだが、それでも遅いと思ってしまう。

窓から顔を出して外を見ると、前方に一台、後方に二台の馬車が同じ速度で走っている。

これは自分達の護衛——街の警備団の中から選ばれた者達が乗っている馬車だ。

合計四台の馬車は朝日が照りつける中、街の門を抜け走っていく。

神様が言っていた、王都で出会うだろう、神子《みこ》というのは一体どんな人物なのか。

期待と少しの不安を胸に抱き、大きな溜め息を吐いた。

第二十五話　王都

エーベルから王都までの道のりは特に問題なく、とてもスムーズに移動できた。

馬車の窓から知らない魔物を遠くから見たり、移動中の冒険者を目にしたりするのは新鮮な体験だった。

そうして日が落ちかけてきた頃には、王都に到着し門をくぐった。父さんが予《あらかじ》め手配していた宿屋は街の中心にあるので、そこまで窓の外の景色を眺める。

エーベルもこの時間はまだ賑やかなのだが、王都は輪をかけて人が多い。

地面はサイコロ型の石を敷き詰めた石畳《いしだたみ》だ。歴史を感じさせ情緒あふれる景観に、思わず感嘆の溜め息が漏れる。

いや、よく見ると実際に石を敷き詰めてあるのは脇の方だけで、馬車が頻繁に通る街道部分は石畳に見せかけた土のようだ。

石畳だと走行時の抵抗が大きくなるので、こうしたのだろう。馬車に乗っていると、揺れが少ないのを実感する。

おそらく地魔法によって石畳に似せているのだろうが、一体どれだけの時間を掛けたのか気になってしまうほど見事だ。

現在エーベルの街道では実際に石を敷き詰めているのだが、このアイデアを活用できないものか。やるにしても許可を取らないといけない。いきなり格の違いを見せつけられたが、つまり王都は優秀な人材が多いのだろう。

「デルバード様、宿屋に到着いたしました」

御者席から声が届く。もう街の中心部に着いたらしい。

「ありがとう。それじゃあ、宿屋へ入るとしようか」

馬車から降りると、目の前には大きな木造の建物があり、宿泊を意味するアドルリヒト語が書かれた看板が目に入る。

ランプに灯る、火ではない何かによって、建物は明るく照らされていた。

「ユータ、どうした？」

棒立ちになっていた自分に、カイル兄さんが話しかけた。

「いや、王都って凄いなって」

「前にも来たと思うが？」

「そうだけど、前に来た時はあまり景観とか気にしてなかったし、改めて凄いと思ったんだよ」

社交界デビューの時に一度王都を訪れていたが、その時はまだ記憶が混濁しており、今のように落ち着いていなかった。

そのせいか、王都のことはあまり覚えていない。兄さんは「まあ、小さかったしな」と納得したように呟いた。

「ごめんね、ひとまず中に入ろうか」

兄さんの手を掴み、一緒に宿の中へ入る。

この時間から出かけることは躊躇《ためら》われるので、何をするにしても明日になるだろう。

なので、この後は明日の予定を決めて、明後日の夜から開かれる舞踏会に備えるだけとなる。

カウンターへ行くと丁度父さんが受付を済ませたところで、従業員に三階の部屋へ案内された。

大きな宿屋だけあって、部屋は四人でも十分快適に過ごせる広さだ。

設備もしっかり整えられており、不自由することはないだろう。

護衛を務めてくれた警備団の面々も同じ宿に泊まるので、荒事が起きてもすぐに対処できる。

まだ来たばかりだが、今のところ治安が悪そうには思えない。

さすが王都、大変賑わっているという印象だ。だが油断はできない。明日、また確かめてみよう。

※　※　※

太陽が上り、街頭で様々な声が飛び交い始めた頃、ホレスレット家当主のデルバードは目を覚ました。

明日の舞踏会のことを考えると、気が重い。

本心を言えば、今回の舞踏会には参加したくなかった。

ここ最近王都に関する良くない噂を聞く。

スリ、強盗、恐喝、争い事が多発し、殺人事件も発生していた。

そんな中で開かれる舞踏会に、危険がないとは言えない。

治安が悪化している理由は分からない。

エーベルでも様々な情報を集めていたが、どれもこれもが決め手に欠けるのだ。

特に今回は次男のユータが一緒に来ているので心配だ。

カイルは既に自身を守れるだけの力を持っているが、ユータはまだ小さい。

まだ自衛できない息子を危険に晒したくない。

何か重要な目的があるというのは見て取れたので許可したが、それでも心配なものは心配だ。

デルバードはベッドで寝ているユータを見つめた。

(何も起きなければ良いのだが)

そう願うが、胸騒ぎは消えない。

デルバードは妻のエレノーラに「出てくる」と一言伝えると、街へ繰り出した。

護衛として、彼の一歩後ろで知り合いのように振る舞う者が一人、少し離れた場所に二人の男女が歩いており、いつでもすぐ守りに入れる距離を保っていた。

デルバードは目的の店に何ごともなく辿り着き、もう一度街の様子を見回して建物の戸を開いた。

彼の目的地、それは本屋だ。

建物は比較的新しく、多種多様な書物を扱っている。名前はシンプルに王都書店だ。

店長と顔馴染みであり、目当ての書物がここでしか手に入らないという事情で訪れたのだ。

「これはこれは、デルバード様。当書店にようこそいらっしゃいました」

デルバードが店内を眺めていると、一人の男性が声をかけてきた。彼が王都書店の店長だ。歳の頃は四十代といったところで、黒縁の眼鏡を掛けている。

白と黒のシンプルな制服には、一つの皺も見当たらない。

「お久しぶりですね、ノアルさん」

「いやはや、私のような一市民に恐れ多いことでございます。どうぞノアルとお呼びください。それはそうと、こたびはどのような書物をお探しでしょうか？」

デルバードが訪れる度に行われるやり取りの後、ノアルは本題に入った。

「今日はハンスが書いた魔導具についての本を買いに来たんだけど、用意してくれるかな」

「魔導具に関する書物ですね。少々お待ちくださいませ」

彼は恭《うやうや》しく頭を下げた後、従業員のみが入れるカウンターの後ろにある部屋へ向かった。

普段は本棚から取り出すのだが、とデルバードが疑問に思いながらも待っていると、ノアルが三冊の本を抱えて戻って来た。

「デルバード様がお持ちではない物ですと、こちらになります」

「結構少ないんだね」

カウンターに置かれた冊数に驚いたデルバードは、抱いた感想をそのまま口にした。

著者であるハンス・アルペラードは、魔導具に並々ならぬ愛情を持っており、それを広めることに心血を注いでいる。

何故なら魔導具作りの担い手が少なく、なかなか研究が進まないからだ。

魔導文字の解読が必要な上に、大量の魔力を使う魔導具作製は、どうしても一人では研究が進みづらい。

それならば魔導具をもっと世に広めて、自分を超える腕前を持つ人材を探し、自分と並行して研究してもらいたいと考えたのだそうだ。

そういった理由から、ハンスは多くの本を自費で出版しているのだが、今回は以前に比べてその冊数が少なかった。

「最近は当書店を訪れる回数も少なく、私としても心配をしております」

そう口にしたノアルの言葉には、感情がはっきりと表れていた。

デルバードは少し不安になったが、王都にいればすぐに会えるはずだから今はいいだろうと、考えるのを後回しにした。実はデルバードとハンスは旧知の仲なのだ。

「取り敢えず、三冊全て購入するよ。いくらかな？」

デルバードの言葉に、ノアルが値段を告げたのだが、その金額はかなり安かった。

どうやら、最近魔導言語を用いない魔導具が広まっているらしく、ハンスの魔導具書の需要が下がったらしい。

デルバードは情報収集の際にその噂を聞いたことを思い出しながら、本を購入して書店を後にした。

第二十六話　カイルの禁断症状と王都の妙な雰囲気

床を軽快に叩く物音で自分は目を覚ました。

身体を起こし寝ぼけまなこで部屋を見回すが、父さんが部屋にいない以外に変わった様子はない。

母さんはドレッサーの前で、兄さんは少し離れた所で前かがみになって椅子に座っているだけだ。

目を擦り改めて様子を窺うと、何やら兄さんの足がブレているように見えた。

「カイル、貧乏ゆすりはやめなさい」

「これは富裕ゆすりだから……」

髪を整えていた母さんが注意したが、兄さんは屁理屈を返した。

どうやら軽快なリズムを奏でていたのは兄さんの靴だったらしい。

小さく溜め息を吐く母さんに、自分は声をかけた。

「おはよう母さん」

「あら、ごめんねユウ。起こしちゃったかしら？」

「いや大丈夫だよ。それより兄さんの様子がおかしいけど、一体何があったの？」

尚も貧乏ゆすり——兄さんいわく富裕ゆすりらしい——をやめない兄さんはボソリと呟いた。

「剣、振りたい……」

この一言で察しがついてしまった。

溜め息をついて母さんが補足する。

「何かあったらいけないから、王都にいる間は剣を持つのは禁止だと言ってからこの調子なのよ」

完全なる禁断症状だ。兄さんは椅子に座ったまま真顔で「剣、振りたい」と呟き、貧乏ゆすりを繰り返す。

王都に行く日が近づいてから過度な運動を控えるように父さんが言っていたけれど、それでも一日の何処かで兄さんは必ず剣を振っていた。

昨日は早朝から馬車で移動、王都に着いたのは日が暮れてからだったのですぐに宿へ入った。

マナーとして、部屋は当然、宿屋の何処であれ剣を振り回してはいけない。

つまり、兄さんは丸一日剣に触れることができていないという訳だ。まさか、それだけでこうも情緒不安定になるとは思いもしなかったが。

自分と母さんは苦笑いを浮かべるしかないが、明日は舞踏会である。

ストレスを溜めたままの参加というのは好ましくないので、自分はある提案をした。

「気分転換になるだろうし、ちょっと兄さんと出かけてきてもいいかな？」

「仕方ないわね。でも、二人だけでは駄目よ」

「それはもちろん、分かってるよ」

「出かけるならご飯食べちゃいなさい。それとこれを渡しておくわね」

机の上に置かれた朝食をパパッと食べ、着替えを済ませる。

先ほど母さんから受け取ったお金をしまい、マジックバッグの内容物を確認した。

よし、忘れずに持って来てる。

「それじゃあ、行ってきます。ほら兄さん、行くよ」

「剣振りたい」

「はいはい、それは分かったから」

表情が死んでいる兄さんを立たせて部屋を出て、一階にある食堂へ向かった。

警備団の面々が食事を取っているのが見える。

私服姿の者と動きやすい装備で身を固めた者に分かれているが、私服姿なのは一般人に紛れ護衛を行うからだ。

その中から既に食事を済ませて雑談をしていた、私服姿の二人に声をかけた。

「ガリアル、フォンベルト、おはよう」

「ユータ様、カイル様、おはようございます」

二人は声を揃えて控えめな声量で挨拶を返し、ガリアルは続けて「いまからお食事ですか？」と聞いてきた。

彼は私服姿にもかかわらず、その体つきと野性的な眼で少し近づきがたい印象を周りに与える。

素人目にも一般人には見えない。

「いや、食事はもう済ませているよ」

「なるほど、それではお出かけになることを、受付と他の者達に伝えておきます」

「察しが良くて助かるよ」

疑問符を浮かべているガリアルを横目に、フォンベルトは椅子から立ち上がった。

自分達が同行を頼むために声をかけたのだとすぐに理解したようだ。

彼はガリアルとは対照的で、外見に特筆すべき点はない。

しかし、能力は抜きん出ており、街で時折起きる冒険者同士の争いくらいなら容易く鎮圧できる。

兄さんでさえ、未《いま》だに勝率五割を切る相手だ。

ちなみに兄さんの勝率は自警団の隊長が相手の場合、二割といったところである。

「お待たせしました」

少ししてフォンベルトが戻って来た。

その間にガリアルに説明を済ませたので、出かける準備は整っている。

隣で項垂《うなだ》れている兄さんを一瞥《いちべつ》した。流石にずっとこのままという訳には行かない。

そこで、兄さんを部屋から連れ出した理由を明かすべく、腰に繋いでいたマジックバッグに手を入れる。

「兄さん、これが何か分かるかな？」

袋から木剣を取り出すと、先ほどまで廃人のようになっていたのが嘘のように、兄さんは素早く振り向いた。

まだ見えていなかったはずだが、匂いか何かで分かったのだろうか？

心なしか金色の髪がウゴウゴとうねっている。

兄さんはこちらを凝視したまま椅子から立ち上がり、ボソボソと呟き始めた。

「――ぇん、ケェン……ケェン……ケェン」

なまじ顔が整っているので余計不気味である。

綺麗な金髪が浮き上がっているように見えて、さながら兄さんは人型の化け物のようだった。

「うおっ」

近くで見ていたガリアルが、ガタリッと音を立てて遠ざかる。

元冒険者の彼が怯えるほどなのかと、思わず苦笑いを浮かべてしまう。

「はい、兄さん。これをよく見てね」

木剣を、近づいてくる兄さんによく見せてから右へ動かす。

その動きに応じて兄さんの顔も剣の方へ。今度は左へ振ってみたところ顔は左へ。

動く物に反応する動物のようだが、鳴き声は「ケェン……ケェン」と可愛くはない。

両手をゾンビのように前に突き出し、たどたどしい歩みで近づいてきた兄さんが剣に触れた。

その瞬間、瞳に光が宿る。

「うぉぉおおぉぉぉぉお!!」

「ちょ、うるさいって！　迷惑になるから静かにして！」

剣を手にするやいなや、兄さんはいきなり叫んだ。

まさか、こんな風になるとは思わなかった。

自分の迂闊さを後悔していると、兄さんが唐突に剣を振り回そうとした。それをフォンベルトとガリアルが押さえ込む。

「カイル様、駄目ですって。落ち着いてください！」

「二人共そのままこっちに連れてきて！　すみません、ご迷惑をおかけしました！」

周囲に謝罪しつつ、急いで兄さんをその場から連れ出した。


数回ビンタをした後、やっと兄さんは正気を取り戻した。

「すまない、取り乱した」

「僕も一緒に行くから、後で宿屋の人に謝っておくんだよ」

そんな話をしながら並んで大通りを歩く。

ただ歩いているだけで、兄さんは視線を集めている。さすが美少年だ。

自分はそんな兄さんの傍らで、街を見物しつつも剣を振れそうな場所を探す。

昨日は日が落ちてしっかり見えなかったが、こうして明るい中、改めて石畳の通りを見ていると、やはり感嘆の息が漏れる。

都市エーベルよりも活気がある王都の街並みは、建物が比較的多い。

古い絵にある中世のヨーロッパの街並みを思い起こさせるが、違いもある。地球にはなかった物が、この街には多くあるからだ。もちろん、その逆もしかり。

そんな街を歩く自分達の後ろにはガリアルとフォンベルトの二人がいて、少し離れた所では別の護衛が警戒の目を光らせている。

「ここ最近の王都は治安の悪化が目につきます。くれぐれも私達からお離れになりませんようにお願いします」

フォンベルトは自分達にだけ聞こえるよう小さく告げてきた。

その際も、周りに違和感を抱かれないよう細心の注意を払って、親子か兄弟のように振る舞っている。

周囲から向けられる視線は数知れず。

中には手を出そうとする不届き者がいるが、そういう輩は後ろの護衛によってさり気なく処理されている。

いくら王都に人が多く、兄さんが視線を集めるからと言っても、これはおかし過ぎないだろうか？

妙な動きをする人が多い。

首を捻りながら歩いていると、兄さんがすれ違いざまに通行人とぶつかった。

「おっと、申し訳ない。怪我はないだろうか？」

兄さんは足を止め、ぶつかってしまった相手に謝罪した。向こうは優しそうな表情の青年だった。

「ああ、いや。大丈夫だよ。こっちこそ、ごめんね」

貼り付けたような笑みを浮かべ、青年は言葉を返す。

その時、青年の右手が不自然に動き――だがピタリと止まり引き戻された。

おそらく、兄さんも気づいているだろう。

後ろの二人は位置が悪く見逃してしまっただろうが、ガリアルは見ていたらしく隣に並んだ。

偶然ぶつかった相手が、途端に怪しい青年に変わる。

それに、微かに鉄の匂いがする。

血液の匂いなのかまでは分からないものの、穏やかな外見には似つかわしくない危うさを感じた。

僅かな時間探っていると、青年が口を開く。

「どうかしたのかな？」

「いや、何でもない。ぶつかってしまって、すまなかったな」

兄さんはこの場から移動しようと、自分の手を引いて歩きだす。

怪しいからといって、自分達に何ができる訳でもない。

青年との距離が開いたのを振り返って確認してから、自分は兄さんに言った。

「今の人、何かおかしくなかった？」

「ああ、だがその違和感の正体は分からない。ただ……人間のようには思えなかった」

「それって兄さんの勘？」

「そうだ」

しばし沈黙が流れた後、兄さんは「あまり気にしても仕方がないだろう」と言った。


先ほどの青年を見てからというもの、王都の人達が軒並《のきな》み怪しく見える。

広場にいる大道芸人や吟遊詩人《ぎんゆうしじん》、ちょうど今護衛の一人に追い払われたスリもそうだ。

何かがおかしいのは間違いない。

「んだと！　もう一度言ってみろやぁ!!」

「何度でも言ってやんよ！　お前が足を引っ張ったせいで今回の遠征《えんせい》が失敗したんだ!!」

顔を赤くした酔っぱらいが二人、店の外で言い争いをしている。

彼らは今にも取っ組み合いそうな雰囲気だ。

まただ。一見ただの喧嘩のようだが、これにも違和感がある……。

兄さんのストレスを発散させるために外へ出たはずが、もはやそんな気分ではない。

――いやいや、こういう時こそどうにかして気分を晴らそう！

空元気《から》なのだが、それでも沈んでいるよりはマシである。

隣の兄さんはいつも通りだし、自分が変に気にし過ぎなのかもしれない。

「ユータ！　あそこ、訓練場だって！　剣を振るのに良いんじゃないか⁉」

兄さんの指さす方を見ると、エーベルにもある冒険者のための訓練場があった。

「ああ、良いかもね。でも、明日のことも考えて、ほどほどにしてよ」

「もちろんだとも！　それじゃあ行ってくる！」

兄さんは食い気味で返事をして、次の瞬間には訓練場へ走っていった。

本当に分かっているのか怪しいが、自分はもちろん、ガリアルとフォンベルトもいるので、やり過ぎている時は止めればいいだろう。

第二十七話　舞踏会

パトリック・エヴァレット公爵。

今回、王都での舞踏会を開いたのは彼である。

だが、表向きはパトリックの妻が主催者ということになっている。

そもそもことの発端《ほったん》は、彼の娘、ルスリア・エヴァレットのワガママだった。

ルスリアはホレスレット家の長男、カイルと同い年の十一歳。

そして、今回舞踏会が開かれる要因となったのもカイルだ。

貴族令嬢として舞踏会に出席した四年ほど前、外の空気を吸おうと中庭へ向かった彼女は、そこでカイルと出会った。

彼は舞踏会の最中だというのに中庭で木剣を振っていた。

彼らしいと言えばらしいのだが、些《いささ》か礼儀に欠けた行動でもある。

しかし、ルスリアは無礼を咎《とが》めるのでもなくただその場に立ち尽くしていた。

カイルの流れるような剣技に心を奪われていたのだ。

ルスリア・エヴァレットはカイル・ホレスレットに一目惚れしてしまった。

それからというものの、彼女は何度もカイルの気を引くためにアプローチしている。今回の舞踏会もその一つだ。

片や王都ベルサリアの公爵令嬢。片や都市エーベルを治める伯爵家の嫡男。

爵位持ちの家柄同士とはいえ、階級差が三つもある結婚は稀だ。

それでも、彼女は諦めず今日もアプローチをするのだ。

※　※　※

現在の時刻は午後七時三十分。舞踏会が始まって三十分ほどが過ぎた。

既にホレスレット家の面々は到着しており、当主のデルバードと妻のエレノーラは挨拶回りを行っている。

カイルとユータも最初は共に挨拶回りを行っていたが、今は別行動をしていた。

（お腹はあまり減っていないな）

カイルは腹部に手を当て、調子を確認する。

午前にユータと共に街に出ていたカイルは、その帰り際にお土産を購入した。

ついでに自分達が食べる分も購入しており、それを合間合間に摘んでいたのでお腹はあまり空《す》いていないのだ。

（ちょっと、目を引き過ぎているな）

両親達から離れて行動をしているカイル。

彼の美しい容姿は人——特に女性——の目を引くには十分過ぎる。

母譲りの金髪はその母親よりも美しく、羨望の眼差しを向けられることも多い。

知性を感じさせる凛々しい顔立ち、貴族らしい所作《しょさ》。

外見がここまで完成されている者はそうそういない。

まあ、見かけだけで大したことのない部分——挙げるとすれば知能だろうか——もあるのだが。

ともあれカイル・ホレスレットという少年はとても目を引く人物なのだった。

人から見られることに疲れたカイルは、ホールを出て中庭へ移動した。

（うん、これくらい広ければ十分だろう）

そして舞踏会中だというのに、腰に下げていた木剣を構え、黙々と素振りを始めた。

帯剣を禁じられていたカイルだったが、剣を持たない彼のあまりの覇気のなさに、両親が渋々許可を出した。その胸には、入場時の検査でもらった許可証バッジが光っている。

中庭まで追いかけてきた女性達は、その姿を見て呆気に取られる。

舞踏会なのに踊らないとはこれ如何に。

本来このような振る舞いは主催者を侮辱したととられても仕方ない行為だが、今回に限っては公爵夫妻から歓迎されていた。

公爵夫妻には、マナー違反を許してでもカイルの機嫌を取りたい理由があったのだ。

中庭で空気を切り裂く勢いで木剣を振るうカイルは、切れ味の落ちない刃のような雰囲気を放っている。

剣を振り続けるカイルの下へ、近づく者がいる。

その足取りは軽やかで、奇行の最中のカイルを少しも恐れていない。

「やあ、カイル。この度は我が公爵家の舞踏会に来てくれてありがとう。おっと、堅苦しいのはなしにしよう、僕達の仲じゃないか」

中性的な少し作った声でその人は話しかけた。

肩より少しばかり長い後ろ髪を払い上げて登場した声の主は、男装の麗人だった。

ルスリア・エヴァレット。

エヴァレット家の長女である彼女は歴《れっき》とした女性だ。

ただしその装いはドレスではなく、所謂王子様ルック。

襟元のレース飾りやハイヒールは、この世界では一般的に男性のファッションアイテムだ。

ここことは違う地球世界でも、十七世紀中頃には同じような流行があった。

そんなルスリアだが、実はカイルと出会う前まではよくドレスを着用していたし、口調も一人称も普通だった。

それが、今ではあらゆることが男性らしくなっている。彼女の父親エヴァレット公爵は大層驚いたことだろう。

カイルによって変えられたといっても過言ではない。

「これはこれは、ルスリア様。こたびは素敵な舞踏会にご招待頂き、誠にありがとうございます」

中庭で木剣を振っていた時点で、素敵だとは微塵も思っていないことは明らかなのだが、姿勢を正したカイルは言い含められていた口上《こうじょう》を述べた。

ルスリアは感激したように、よく通る声で返した。

「畏《かしこ》まらなくて良いんだ！　僕達の仲じゃないか！　そう、将来を誓いあった――」

「友人です」

「照れなくていいんだ、カイル。僕達は婚約者だろ」

「他人です」

「ちょっ、下がってるじゃないか！」

ルスリアが芝居がかった動きで大袈裟に悲しむ。

そもそも、二人は将来を誓い合ってもいなければ親友でもない。

カイルの認識は精々顔見知りだろう。それでも、他の貴族令嬢よりは印象的である。

不意にカイルとの距離を詰めたルスリアは、彼の髪に触れた。

「いつ見ても美しい髪だ」

カイルの金髪に指を絡めたルスリアは「ちょっと失敬」と呟いた。

彼女の手には月夜の光を浴び、輝く一本の金色の髪があった。

そして、その髪をさりげなく、胸ポケットから取り出した小瓶に仕舞おうとした。

「ちょっと待て」

カイルはその腕を掴み、問い質《ただ》す。

「人の髪をどうするつもりだ」

「まあまあ、ひとまずその手を離そうか。これじゃあ、仕舞う物も仕舞えない」

「仕舞わなくていいんだよ。それより、答えろ」

「一本、一本だけでいいんだ！　これがあれば、満足するから！」

「一体何をする気だと聞いてるんだ！　流石に気持ち悪いぞ！」

すっかり素の口調に戻っているカイルは、離すものかと腕に力を込める。

「お金！　お金を払えばいいんだろ!?　一本いくら払えば良いんだ!?」

「売るか馬鹿が。気持ち悪い！」

罵倒《ばとう》の直後に、カイルは無事、ルスリアの手から髪を叩き落とした。

「ああ！　僕の、僕の宝が!?」

四つん這《ば》いになって、落ちたカイルの髪を探す令嬢の姿には、ほとほと呆れてしまう。

これでも以前よりはマシだというのは、彼女を知らない者からすると驚きだろう。

彼女の両親がカイルの機嫌を取っていたのは、エヴァレット家に好印象を持ってもらうためだったのだが、肝心の娘がこれではその気遣いも台なしであった。

第二十八話　吹奏楽団

「そう言えば、妹君《ぎみ》達と弟君は何処へ？」

結局、落ちた髪は見つからなかったが、ルスリアは気を取り直して、何もなかったように別の話題に移った。

肩より少しばかり長い後ろ髪をハラリと払い上げ、姿勢を正す。

「妹達は来ていない。弟のユータならどこかにいると思うぞ。王都の治安が悪化しているようだから、来る予定はなかったんだがな」

カイルは、思い出したように午前中に見た街の様子を話した。

二ヶ月ほど前から始まった、王都内の治安悪化。

それを裏付けるように明らかに不自然な……なんとも言えない不透明な違和感が街全体に広がっている。

それを聞いたルスリアの表情が真剣なものになる。

「……ふむ、そうか。念のため警備を強化してもらうよう進言しておこう。それはそうと――」

彼女はちょっと重くなった雰囲気を変えるように、明るい声になった。

「王都に有名な吹奏楽団が来ていることは知っているだろうか？」

「知っているに決まってるだろう。その……すい……何だって……？」

顎に手を当てたカイルは真剣な表情を浮かべ、聞き返した。

「君の記憶力は鶏《とり》以下か!?　全く、知らないなら素直に言ってくれよ。一応聞くけど、少しも知らないのか？」

「あー何だったか、えっと確か……六十六人の楽団で様々な国や地域で演奏を行っていて、魔力を乗せて曲を奏でるその演奏は人々に癒やしと安らぎを与え、噂では魔物すら聴き入るほどだとか。それくらいしか知らないな」

「すっごく詳しいじゃないか!!」

「いやいや、これくらいで詳しいとか言っていたらファンの方に失礼だ」

目を丸くする彼女を余所に「そんなの当たり前じゃないか」とでも言いたげな表情をするカイル。その後もカイルは次々とその吹奏楽団についての知識を披露する。

「――だからその吹奏楽団には名前がないんだ。自分達に個性はいらない、全ては曲で表現するからという理由らしい。それで……えっと、何だったか？」

満足するまで語り終えたカイルだが、どうやら吹奏楽団について話すことになったきっかけを忘れてしまったらしい。

さり気なくここ――中庭までウェイターを呼んで飲み物を受け取っていたルスリアは、片方のグラスをカイルに手渡した。

「王都にその吹奏楽団が来ているって話だよ。実は舞踏会に出演依頼をしたところ、受けてくれてね。もうすぐ演奏が始まるはずなんだ」

「ほう、それは凄いな」

そう言ったカイルは受け取ったグラスに口をつけた。

「ファンの割に、反応が薄いんじゃないか？」

ルスリアは半目で睨むようにカイルを見る。

「驚き過ぎると、逆に冷静になるみたいだ……ってこの飲み物、ワインじゃないのか？」

「あ、言われてみればそうだ。まあいいか」

「剣の腕が鈍るからできれば飲みたくなかったんだが、まあ一杯だけならいいか」

この国——ネスティア王国では十歳から飲酒が認められている。他の国でも大体十歳辺りで認められる。

ちなみに、十五歳で成人となるネスティアでの成人の儀では、主役の少年少女達が少し強いお酒を一杯だけ呷《あお》るのが恒例だ。

そのため、早くからお酒に慣れるよう十歳から飲酒が解禁されている。

「ああ、ワインを飲んでいたら酔ってきた……自分に。チラッ」

グラスに入っていた分を飲み干したルスリアが、片手を額に添えながら呟いた。

カイルはちびちびとワインに口をつけながら辛辣《しんらつ》に返す。

「吐き気を催してきたな、お前に。ていうか、擬音を口に出すなよ。それと面白くないから。ついでに言うと、面白くないから」

「酷い！　二回も言うなんて!!　もっと言って！」

痛烈な言葉を浴びても尚、彼女が機嫌を損ねることはない。むしろご満悦だ。

カイルはカイルで口調が普段より粗雑になっているあたり、あれこれ言いつつも気を許し始めている。

そうしていると、ガチャガチャとした物音が聞こえてきた。

何事かとホールの方に目を向けると、例の吹奏楽団が演奏の準備に入ったのが見える。

「もうじき、演奏が始まるようだね。そろそろ中に入らないかい？」

そう口にしながらさり気なくカイルの後方に回り、彼の頭髪を抜こうとするルスリア。

「だな、父さん達も挨拶回りを終えているだろうし戻るか」

答えた直後、カイルは背後から迫るルスリアの手を後ろ手に掴み、するりと彼女の背後へ移動する。

腕を極《き》められたルスリアは、言葉にならない悲鳴を上げたが尚も諦めず、持っていたグラスを投げ上げ、がむしゃらに抵抗した。

何が彼女をここまで駆り立てるのか。

「往生際が悪い」

結局カイルに容易く封じられ、落下してきたグラスもカイルが器用に掴む。

そのまま、連行されるように彼女はホールに入っていった。

「ほら、キビキビ歩け。吹奏楽団の演奏を聞くんだろ」

「ふむ、拘束されながら聴く演奏も一興《いっきょう》かもしれないな。どうだい、引き続きこのプレイを楽しむというのは」

「安心しろルスリア。この後もお前の拘束は続くぞ。もちろん、俺の手ではなくお前の両親という枷《かせ》だがな」

途端にルスリアの顔色が悪くなる。

公爵夫妻は娘に甘いが、下品な振る舞いを許すことはしない。

先ほどの悪ふざけの内容を知られれば、叱責されること間違いなしだ。

「そ、その冗談は笑えないな……。カイル、今宵《こよい》の夜風は心地よいと思うのだが、改めて中庭に赴くというのはどうだろうか？」

ルスリアは動揺を覗かせながら言葉を紡ぐが、当然彼女の提案は却下される。

だが彼女は、諦めずに突破口を探す。

「せっかくの舞踏会なんだ。先ほどの件は水に流して僕と踊らないか？」

「それもいいな。どうせなら、ホールの中央で踊ろう」

僅かながら希望が見えたルスリアはホールの中央に視線を向けた。

だが、そこには現在会いたくない人達がいたのだった。

青い顔をしたルスリアはわざとらしく咳込む。

「ゴホンゴホンッ。あー、何だが体調が悪くなってきたような」

「そうか、なら尚のこと、パトリック様とユージェニー様にお伝えした方がいいな。ほら、もうすぐそこだぞ」

そう、中央で現在踊りを披露しているのはルスリアの両親、パトリックとユージェニーだ。

「もう、どうしたらいいんだ！」

カイルに背中をぐいぐいと押されるルスリアは、やけくそ気味に叫んだ。そんな彼女をカイルは突き放す。

「諦めろ」

「神よ！　僕は悪くない！　僕は悪くないんだぁぁああ！　いやぁぁぁ!!」

逃げることはかなわず、無謀にも暴れるルスリア。

この後行われるであろう彼女への叱責を祝福するかのように、吹奏楽団の演奏は始まった。

第二十九話　平和な時

今カイルの眼の前にいるのは舞踏会の主催者、エヴァレット公爵夫妻だ。

そして、夫妻に両脇を固められているのは、海や空よりも青い顔をしたルスリア・エヴァレット。

彼女は頻《しき》りに前方のカイルにウインクをして救助要請を送っていた。

夫妻に彼女の悪ふざけを告げ口したカイルは、それを無視する。

「どうしたのですかルスリア？　そんなにウインクばかりして。はしたなくてよ」

そう言葉を発したのはユージェニー夫人だ。

男装の麗人であるルスリアとは対照的に、彼女は女性的魅力に溢れていた。

大きな母性の象徴に加え、腰まである流れるような赤みがかった茶髪が、バランスの整った身体を引き立てる。

そんな見た目からは想像もできない、低く冷たい声音に、見ていたカイルですら、一瞬背筋が強張った。

(カイル、助けてくれぇぇ!!)

ルスリアの表情には、焦りと恐怖の入り混じった心の声が透けて見える。

そんな彼女にカイルは笑顔を送った。

(安心して、叱られてこい)

アイコンタクトで意思疎通する二人。

片や絶望する少女、片や朗らかな笑みを浮かべる少年。陰鬱な雨と晴れやかな太陽のようだ。

この後、ルスリアの身に降りかかるのは雨どころか嵐かもしれないが。

「それでは、私はこの辺りで失礼させて頂きます」

「この後も楽しんでくれ。では、ルスリア、少々話をしようか」

公爵夫妻に挟まれたルスリアを一瞥したカイルは会釈《えしゃく》し、軽やかな足取りでホールを横切っていった。

吹奏楽団の演奏がホール内に響き渡る。

演奏に耳を傾けつつ端の方で語り合う者や、曲に合わせて踊る者。様々な人が思い思いの時間を過ごしていた。

小腹が空いてきたカイルは、別室に用意されている軽食でも摘みに行こうかと考えていた。

そのことを伝えるようと両親に近づくと、デルバードとエレノーラは他の貴族達と話をしているところで、その内容が耳に入ってきた。

「我が領内にもポンプの噂は届いておりますよ、ホレスレット卿《きょう》。なんでも、井戸の水を汲むのが格段に楽になったとか。いやはや、素晴らしいですな」

デルバードに賞賛の声を浴びせているのは、エウセビオ・ウォーカー伯爵。

髪が短く切り揃えられており、表情が窺いやすい男性だ。

もっとも、貴族は腹芸の得意な者が多いので、今浮かべている表情が本物であるとは限らないが。

「まだ実験期間故にエーベルだけで運用しておりますが、ゆくゆくは他の街にもこの技術を届けることができればと思っているのですよ」

「実験期間が終了した暁には我が領内でも設置したいものです。ところで……そのポンプはどなたがお作りになられたので？」

「それが実は私の息子、次男のユータが設計図を描いて持ってきてくれたのですよ！　いや〜、昔から少し大人びた雰囲気があるとは思っていたのですが、七歳にしてもう民の暮らしを気にかけることができるとは、父親として鼻高々です！　それに最近は――」

「あなた、ウォーカー卿がお困りよ」

親バカを披露するデルバードに、隣りにいたエレノーラが口を挟んだ。

我に返ったデルバードはすぐさま表情を取り繕い「ははっ、いや申し訳ない」と苦笑いを浮かべつつ謝った。

「どうやら、ホレスレット卿はそうとうご子息がお好きなようで。先ほどのジョークは面白かったですよ」

ウォーカー伯爵はデルバードの言葉を冗談だと捉えたようだ。

流石に七歳の子供が人々の暮らしを楽にするための道具を考えるとは思わなかったらしい。

後ろで聞いていたカイルも、他人が聞けば冗談にしか思えないだろうなと思った。

(割って入るのは悪いか。まあ伝えずともいいだろう)

小腹を満たすだけなので、すぐに戻って来れる。

そう結論づけ、カイルはホールの正面扉から出ていく。

雰囲気のある明かりが灯された通路を歩き、カイルは別室へ到着した。

ドアを開けて中に入ると、部屋の真ん中に設置された長いテーブルに、ビスケットやサンドイッチなどの軽食や、ワインや紅茶などが並んでいる。

部屋にはカイル以外にも何人かいるものの、彼はそちらには近寄らずに食べ物を摘んだ。

早く舞踏会が終わらないだろうかと、カイルは溜め息をついた。

第三十話　ユータの舞踏会

自分にとって人生で二度目となる社交の場。

会場に入った時から憐憫《れんびん》や嘲笑の眼差しが向けられたが、思ったよりは気にならなかった。

と言うより、気にする余裕がなかったと言う方が正しいだろう。

両親と兄さんは心配していたが「問題はないし興味もないよ」と普段通りに返せたと思う。

自分は神様に告げられた言葉の方が気になっていて、それどころではない。

神子は一体どこにいるのだろう。

自分と神子は出会う運命にあり、会えばお互いにその相手だと分かるらしいのだが、会場を見渡してもそんな感覚はない。

そもそもどういう人物かも分からないので、探そうにもどう探せば良いのか分からない。

舞踏会は今日を含め三日間にわたり開かれるから、明日、明後日に出会う可能性もある。

このまま壁際でキョロキョロと見回しているのは少し不自然だろうか。

かと言って、魔法を使えない自分と踊ってくれる人がいるのか。

頼めば踊ってくれる人はいるかもしれないが、それでは相手に悪い。

「どうしたものか」

結局何もできず壁際に立ったまま流れる曲を聞き、時間の経過に身をまかせる。

ふと、「この曲は一体どこから流れているのだろうか？」と疑問に思い、音源を探して見回していると、見知った人がこちらに歩いてきた。

「お久しぶり、と言うほどではありませんか。ごきげんよう、ユータ様」

彼女は両手で淡い青色のスカートの裾を摘むと、背筋を伸ばしたまま僅かに腰を落とした。地球で言うカーテシーという挨拶だ。

言葉遣いや服装はいつもと違うが、目の前の彼女はホレスレット家のお抱え商人であるオビディオさんの娘、アニスだ。

彼女が身なりをしっかり整えてこの場にいるということは、オビディオさんが招待されたのだろう。

それにしても、商人である彼女の父がどうして招待されたのか。

エヴァレット家が招待するに値する何かがあったのだと思うが、後で聞いてみるとしよう。

「アニスも招待されたんだね。正直居場所がなかったから声をかけてくれて嬉しいよ。それと、近くには誰もいないしいつもの話し方で構わないよ」

「ほんなら、楽にさせてもらうわ。いや～こういう場にお呼ばれしたんは初めてでな、勝手が分からんねん」

「商人が舞踏会に招待されるのって珍しいことなの？」

「よう分からんけど、珍しいんちゃうん？」

「やっぱり珍しいんだね。でも、それなら一体どういう経緯で招待されたの？」

「ああ、それなんやけどな、前もって王都でもポンプの流通ルートを確保しておこうと思って、商業組合に行ったんやけど、何や訳わからん内にこないなことになってしまってん。一から説明したるわ――」

そう言って彼女は順を追って説明してくれた。

話は王都でもポンプを売るため、王都の商業組合から手押しポンプの販売許可を取得したところから始まる。

無事商業組合から、手押しポンプの有用性と安全性を保証する書類を出してもらったのだが、それを知ったエヴァレット公爵家が接触してきたそうだ。

エヴァレット家は恐らく、オビディオさんがホレスレット家と懇意にしているのを知っていたのだろう。

その理由として――とそこまで考えた時、突如として様々な楽器の音が耳に飛び込んできた。

思わずビクッとしてしまったが、それはアニスも同様だった。

「名のない吹奏楽団か」

音の方へ目を向けると、先ほどまで舞台を隠すための幕――緞帳《どんちょう》が下りていた二階で、楽団が曲を奏でていた。

生演奏に合わせて踊るのは楽しいだろう。周りを見ているとよく分かる。

「あれが噂の楽団か。えらい綺麗な音色やな」

「活動が本に記されるほどだから知ってはいたけど、実際に曲を聞くと言葉が出ないな」

言葉で表現するのがおこがましく思えるほど素晴らしい演奏だ。それを証明するように、周りの人達は自然とペアを組んで踊り出している。

隣をちらりと見ると、アニスは腰元のリボンを弄《いじ》って、どこか落ち着かない様子だ。

果たして彼女は自分と踊ってくれるのだろうか。迷惑にならないだろうか。

僅かに逡巡《しゅんじゅん》した後、声をかけようとしたが、彼女に先を越されてしまった。

「な、なあ、せっかくやから踊らへんか？」

アニスは小さな声でそう言ってきた。

普段の彼女からは考えられない。珍しい姿だった。

先に言われてしまったのは男として情けない。自分はアニスの手を取った。

「僕から言えなくてごめん」

彼女の目を見て、続けて言う。

「僕と踊ってくださいませんか？」

「喜んで。やけど、次はユータから誘ってな」

アニスを抱き寄せると誠意を込めて返す。

「もちろん、次はお姫様に誘わせるなんてことはしない。約束しよう」

言い切った後、少し顔が熱くなってしまったが、彼女にバレないようといつも通りの振りをして、ステップを踏む。

貴族の嗜《たしな》みとしてダンスは心得ている。前世では運動は得意でなかったため、踊りは生まれ変わってから覚えた。

競技のダンスとは違い、完璧にこなそうと思わなくていい。

パートナーのアニスを上手く先導することができれば、それで十分だ。

「ちょっとペース速ない？」

「慌てないで。力を抜いて僕に身を任せてくれれば踊れるから」

曲に合わせているので、少しばかり速くなってしまうのは仕方がない。

だから、彼女を不安にさせないよう女性側の足の位置を考えて踊りつつ、気をほぐすために会話をする。

「もしかして、ダンスの経験少ない？」

「当たり前やん。しかも、こないな場所で踊るんは今日が初めてや」

「それっぽく踊れれば良いんだから、周りを気にする必要はないよ。楽しく踊ることができればそれでいいんじゃないかな」

ここまでのリードは概ね上手くいっている。

アニスも徐々に身体から力が抜けてきたようで、回る動作もスムーズにできた。

自分の方が少しばかり背が高いので良かったが、もし彼女の方が高かったら、自分が先導されているように見えたかもしれない。

よく成長してくれたよ、自分。

安堵の気持ちを隠しつつ、会話を途切れさせないよう声をかける。

「言うの遅くなったけど、ドレスよく似合ってるよ。最初見た時、どこかのお姫様かと思ったからね」

「ようそんなこっ恥《ぱ》ずかしいこと言えるわ。全く、年下のくせにお姉さんをからかうもんやないで」

「お姉さんって、たった二つしか変わらないじゃないか。それと、こっ恥ずかしいって言うけど本当に可愛いと思ったから、口にしたまでだよ」

「ああもう！　恥ずかしいって言ってるじゃん！」

「アニス、素の口調が出てる。それと、もう一曲踊り終わったよ」

小さなミスはあったかもしれないが、それでも最後まで踊ることができた。

後半は会話を続けることでペースを自分のものにできたため、一曲といってもあっという間だったと思う。

休憩を挟まず、名のない楽団がすぐに別の曲を奏で始めた。

そして、自分は少し顔が赤くなっている彼女に、先ほどの約束を早速果たした。

「もう一曲、僕とお付き合い頂けますか」


二曲目を踊り終えて一緒に休憩している時、ある人物が現れた。

「おや、もしかして君がカイルの弟君に当たるユータ君かい？」

噂をすれば影がさすという諺《ことわざ》があるが、異世界では少し遅れてやって来るらしい。

エヴァレット公爵家がオビディオさんのことを知ったのには目の前の彼女――ルスリア・エヴァレットが関わっているのだろう。

大方、兄さんのことを調べるついでに知った、ってところかな。

「ええ、私がユータ・ホレスレットですが……ルスリア様ではございませんか。この度は素敵な舞踏会にご招待頂き、ありがとうございます」

実はルスリア様とは、二年前――社交界デビューの日――に一度会っている。

その時の思い出話などで数分談笑していると、ルスリア様がいきなり声を上げた。

「あっ、すまないが急用ができたのでここで失礼させてもらうよ」

「そうですか、貴重なお話をありがとうございました、今後とも兄をよろしくお願いします」

彼女は何かを見つけた表情を見せるやいなや、話を切り上げて去っていった。すると彼女のご両親、公爵夫妻がその後を追って早足で歩いていく。

どうやらご両親から逃げている途中だったようだ。

それにしても、ずっと兄さんの話をしていたな。噂に違わぬ執心ぶりだ。

「なんだかすごい人やったわ」

存在感を薄めていたアニスが呆けたように言った。

自分がルスリア様と話していた間、彼女は何をするでもなく後ろにいた。

知り合いがいない中、気まずい思いをさせてしまったのではないかと最初は思っていたのだが、そうではないと途中で気がついた。

「どう、あれが公爵令嬢だよ。勉強になった？」

「なんや、バレとったんか。まあ、変な人やけど、公爵令嬢も案外普通なんやと分かったわ。ったく、後ろに目でも付いてんちゃうか？」

「僕は貴族だからね」

「貴族ってやつはバケモンか」

このような状況でも商売相手を観察して人柄を知っておこうとするなんて、流石商人の娘だ。

さて、少し小腹が空いてきたから、別室に用意されている軽食でも摘みに行こうかな。

アニスにそのことを伝えたところ「もう少し演奏を聞いてから行く」と言ってきた。

なので、先にホールを出ると自分は別室に向かった。

第三十一話　不穏

舞踏会に来てから一度も踊っていないのだが、未だにカイルは別室にて身を休めていた。

ここにいれば踊らなくて済むと思って時間を潰している訳だ。

椅子に背を預け、会場から辛うじて聞こえる演奏に耳を傾けていると、どやどやと足音がした。

不審に思い、扉を開けて通路を窺うと、帯剣した兵士達がいる。

（ああ、なんだ警備兵か）

どうやら不審者ではないようだ。緊張を解くと同時に、ルスリアが言っていた「警備を強化」という言葉を思い出した。

エヴァレット公爵家の私兵が会場内で目を光らせているなら大丈夫だろう、とカイルは安堵した。

その時、開けていた扉の隙間から、知った顔が現れた。

「あ、兄さん。まだここにいたんだ」

弟のユータだった。

ユータは部屋に入った途端、シャツの首元のボタンを外し始める。

そうしながら、彼は続けた。

「そうそう、さっきルスリア様がパトリック様に追いかけられてたんだけど、何かあったの？」

先ほど座っていた場所に戻り、カイルは少し前に起きていたことをユータに話した。

ユータはビスケットを口に入れ、渇いた喉をドリンクで潤しながらカイルの話を聞いている。

彼の身体には椅子が大きく、足が地面に着いていない。

「会場でルスリア様と話した時にも思ったけど、面白い人だね」

「まあ、普通ではないと思うが、面白いかどうかは不明だな」

そうしてユータと少し話をした後、カイルは中庭に戻ることにした。

理由は至極単純、素振りをしたい気分になったからである。

(戻る前にトイレにでも寄って行こうかな)

一人でいる今の内に済ませておこうと考え、カイルは部屋を出た。

通路は魔導具によって、明かりが確保されている。魔導具は一般には広まっていないが、身分の高い者の屋敷では、こういう形で使われているのだ。

真っすぐに伸びる通路を進んで、最初の曲がり角は会場への通路なので素通り。

そのまま少し行った所にトイレがある。

標識が青と赤で男女別に色分けされており、中央には男と女を示す言葉が書かれている。

迷うことなく男性の方に入り、パパッと用を足したカイルは、ハンカチで手を拭いながら出てきて、立ち止まった。

(……通路が暗いな。何かあったのか?)

つい先ほどまでは明るく照らされていたはず。

しかし二分も経たない間に明かりは消え、窓から差す月明かりが通路を照らしていた。

そのまま中庭に向かおうとしたが、首筋にちりっとした気配を感じて、腰に下げていた木剣《ぼっけん》を取り上げざまに振り抜いた。

木剣から硬い音が鳴る。木剣が弾いたのは真剣だった。

カイルは即座に後方へ跳び、斬りかかってきた者から距離を取った。

「お前ら何者だ」

前方の者達に短く問うた。

しかし、相手は不敵に笑うだけで答えはない。

カイルは素早くこの場にいる人数を確かめた。

カイルとしても端《はな》から話し合う気はない。戦術を考えるための時間稼ぎに話しかけただけだ。

(剣を持つ者が八人、そして見慣れない魔物が一体か。木剣が折れなければいいが)

月明かりで辛うじて状況が確認できる。

顔ははっきりと見えないが、体格から全員男性であることは分かった。

前方の八人は全員が真剣を持っており、対するこちらは木剣が一本。

近くには誰もいない。

仮に助けを呼んだとしても、逆に奴らの仲間が駆けつけてこないとも限らない。

(素早く制圧して、まずは別室に戻らなければな)

おそらく会場内でも騒ぎが起こっているだろう。

一体どこから侵入し何人いて、目的は何なのか。

情報が少な過ぎて分からない。カイルは思考に意識を割くのをやめ、目の前のことに集中することにした。

まずは、この場をどうにかしないと意味がない。

ジリジリと距離を詰め、彼は小さく息を吐いた。

そして次の瞬間、距離を一気に縮め、木剣を横薙ぎに振るった。

(コイツッ……!)

集団に近づいたことで、視界が頼りない中でも、侵入者の顔を視界に捉えることができた。

彼らの内の幾人かは、カイルが昨日街中で見た、大道芸人や吟遊詩人、スリを行っていた者達だ。

顔を見れば思い出せる程度には印象に残っていたらしい。

その中でも一番記憶に残っている者がいた。

大通りを歩いていた時に肩がぶつかった、優しそうな笑みを貼り付けた男。

微かに鉄の匂いがした妙な青年だ。

スリのようにも思えたが、その動きや距離の取り方は常人のものではなく、気になっていた。

その彼が目の前の男だ。相手の力を測るために振るった横薙ぎだが、そんじょそこらの者に避けられるような速さじゃない。

(これは、まずいな)

一撃目は避けられたが、繋いで斬り上げる。

続く二撃目はほぼ全力で振った。

これを避けるなら、彼らは予想以上に危険だ。

——最悪、死を覚悟しなければならない。

そんな思いで繰り出した二撃目だが、防ごうとした青年の剣を弾き飛ばすことに成功した。

両手が上がってがら空きになった青年の腹に横蹴りを放ち、すぐさま後ろへ下がる。

相手が多いため、立ち回りが難しいが、そこは抜群の戦闘センスを持つカイル。

僅かな戦闘経験から敵の力量を把握し、周りの者達の腕も推測する。

(これなら行けるか。だが、後ろにいる魔物が不安材料だな)

連中は魔物を連れている。

薄汚れた獣の首には、淡く光る紫色の宝石がついた首輪が嵌められており、時折その首輪から黒い靄《もや》のようなものが立ち上っている。

もしかすると、無理やり隷属《れいぞく》させられているのではないか。

靄が現れるのは、抵抗してもがいた時だ。

しかし、逃れることができないのだろう。悔しさに顔を歪めているようにカイルには見えた。

そこで観察をやめ、目の前の戦いに意識を戻す。

カイルの動きを見て動揺しているのか、集団は上手く動けないでいる。

このまま畳みかけようと一気に踏み込み、腹部を押さえて立ち上がろうとする青年に斬りかかる。

悪漢達も負けじと斬りかかってきたが、紙一重で避けてみせたカイルは、目を見開く青年に木剣を振るい、意識を刈り取った。

(これで一人目)

次いで近くにいた者の服を掴み、地面に叩きつけると顎を的確に蹴り抜く。

男は短い呻き声を上げ、すぐに動かなくなった。

ちらりと少し離れた所にいる魔物へ目をやり、迫りくる剣撃を見ずに避ける。

すかさず空いている左手で相手の喉元に掌底《しょうてい》を放ち、容赦なく股間へ木剣を振り下ろした。

明らかなクリーンヒットに周りの悪漢達は頬を引きつらせ、僅かに距離を取る。

近距離ではやられると思ったのだろう。

(あれが動く前に八人全員をどうにか無力化したいところだが……距離を取り始めたか)

今はまだだが、あの魔物が出てくることは間違いないだろう。

実力が未知数なだけに、一対一に持ち込みたいのだがこのままでは厳しい。

カイルは、悪漢達が距離を取った理由を勘違いしていた。

彼らはカイルの容赦ない攻撃に怯えているだけなのだが、カイルはその行動を慎重に動き始めたと深読みしてしまった。

そして、後方で待機している魔物を出してくるかもしれない、と更に勘違いしたカイルは遂に全力を出すことにした。

手早く無力化する方法を考えた結果、急所を狙い打つという答えを導き出した彼は、先ほどより数段上の速度で動き、間合いを詰める。

悪漢達には同情を禁じ得ない。

何故なら、急所を狙うということは——男性の急所、つまり股間を全力で狙うということだからだ。

たかだか数瞬、時間にして十秒も経たない内に、カイルの周りには、ピクピクと痙攣する七人の男達が転がっていた。

激痛のあまり、何人かは過呼吸になっている。

緊迫した雰囲気は未だに継続しているのだが、どうにも締まらない。

これが、男性を素早く無力化した結果なのだ。

（あと、一人）

その光景を作り出したカイル本人は、至って真面目だった。

第三十二話　魔法剣

兄さんが部屋を出ていった少し後、入れ替わるようにアニスがやって来た。

兄さんを見たか聞いたところ、彼女は見ていないと答えた。

戻る前にトイレにでも寄ったのだろうが……なんだか胸騒ぎがする。

自分でもよく分からないが、なんとなく落ち着かない。

「気分でも悪いんか？」

サンドイッチを取ってきて隣に座ったアニスが聞いてきた。

「そうじゃないんだけど、なんか変な感じというか、なんというか」

「体調悪いんならここで休んどけばええやろ。介抱ってことでウチもサボれるし」

「そうだね。少しだけ休んでおこうかな」

「それがええわ」

妙な気分のまま椅子に背を預けたその時、勢い良く扉が開かれ、複数の足音と悲鳴が室内に響いた。

扉の方を振り返ると、そこにはだらしない服装の、刃物を持った者達がいた。

反射的に椅子から降りた自分は、その者達に誰何《すいか》しようとしたが、それより先に彼らが動いた。

扉の近くにいた使用人に連中の一人が襲いかかる。咄嗟に身体が動き、気づいた時にはビスケットを投擲《とうてき》していた。

食べ物を粗末に——などと言っている場合ではなかった。

鋭い刃が使用人に向けられていたのだ。

ビスケットに気づいた悪漢が手でそれを払っている隙を突き、一気に距離を詰める。

魔導手袋を右手に素早く装着すると、腹部に力いっぱい打ちつけた。

攻撃を受けた男は、ろくに声も上げず壁のところまで転がっていく。

「よしっ！」

通用した！

すかさず左手にも魔導手袋を嵌め、侵入者の人数を確認しつつ使用人の男性を下がらせる。

相手はさっき気絶させた人を合わせて六人か。悪漢達は扉の近くで足を止めており、自分との距離は僅か数メートル。

これからどうする。この部屋で魔法を使うのは危ないから、体術でどうにかするしかない。

まだ慌てている人がいる中、既に落ち着きを取り戻している人もいた。二十代前半だろう青年がジャケットを無造作に脱ぎ捨てると、自分の近くに寄ってきた。

「アミカル・リントンだ。手助けするよ」

「ユータ・ホレスレットです。手助け感謝します」

「それじゃあ、僕が右側の四人を相手にするから、残った一人を任せてもいいかい？」

「それでは制圧し次第、私はサポートに回りますのでよろしくお願いします」

とても頼もしい男性が協力してくれるので気が楽になった。

だが、協力者はまだいたようだ。「これを受け取ってくれ」と一声上がった後に、後ろから自分達に向け魔法が幾つか飛んできた。

それを受けたところ、身体が軽くなり力が湧き上がってくる。

自分とアミカルさんはその人に感謝を述べ、地を蹴った。

「フッ！」

打ち合わせ通り自分は左側の男へ近づき、振るわれる剣を魔導手袋で受け止めて『物体変形』で形を変える。

そうして刃物を無力化し、男の服を掴むと右足へ思いっきり蹴りを入れて体勢を崩す。

魔導手袋に刻んだ『身体能力上昇』、そして先ほどの魔法の相乗効果で、一連の動作をスムーズにこなすことができた。

背を床についた男の顔面に拳を叩き入れて、気絶したことを確認すると、すぐさまアミカルさんの状況を窺う。

「嘘……」

視線を向けた先では、アミカルさんが既に四人の悪漢達を制圧し、捕縛の魔法まで掛け終わっていた。

最後の一撃に力を込め過ぎたため、自分が気絶させた男性は鼻血を出しているのだが、アミカルさんが捕縛した四人はパッと見たところ傷がない。

アミカル・リントン、聞いたことがない名前だが、凄い人なのだろう。

「そっちも終わったんだね」

彼は息も切らせず、最初と同じ笑みを浮かべ声をかけてきた。

笑顔と言ったがアミカルさんは糸目だから、そう見えるだけなのだろう。

アミカルさんは自分が気絶させた男にも無属性の捕縛魔法を使い、半透明の鎖を巻きつけた後、部屋にいた人達に声をかけた。

ここにいるのは自分を含め十人弱。それなら守れる人数だからと言い、彼は全員で会場へ向かうことを提案した。

その話を聞きながら自分は考える。

突然こんなことが起きたんだ。会場でも似たような騒ぎが起きているかもしれない。

だが、それにしては騒いでいる様子がない。悪漢達がここに入ってきた時は少なからず驚きの声が上がったのだが、そういえば外の音が全く聞こえない。

「音が聞こえない……？」

思わず口からこぼれた言葉に同意するように、アミカルさんが言った。

「ユータ君も気がついたんだね。そう、外の音が何も聞こえない。おそらく――」

そう言いながら彼は扉を開け放つ。その時、僅かに黒い靄が弾けたように見えた。

右手を軽く振りながらアミカルさんは続ける。

「――遮音《しゃおん》の結界だね。力業《ちからわざ》で解除できるタイプで良かったよ」

廊下は明かりが消えており、妙な静けさに包まれていた。

「それじゃあ、会場へ行こうか」

そう言って彼は全員を先導し、移動を開始した。

少し歩き会場に繋がる曲がり角に差し掛かると、また落ち着かない気分になる。

「どうしたんや、また気分でも悪なったんか？」

心配してアニスが声をかけてくれた。

だが、膨れ上がる衝動に気を取られ、言葉を返すどころじゃない。

「ごめん、先に会場に行ってて」

「何処行く気や⁉　ちょ、待たんかい！」

ふらふらとアミカルさん達から離れ、通路を曲がることなくそのまま廊下を進む。

進むにつれて、この先に行かなければならないという気持ちが強くなる。

「いい加減、止まらんかい！」

付いてきていたアニスに手を掴まれ足が止まる。

「一体どないしたんや。訳を話さんかい！」

彼女が激昂《げきこう》しているのは分かっていたが、自分は廊下の先から目を離せなかった。

月明かりに照らされたそこでは、兄さんがライオンに似た獣と斬り結んでいた。

※　※　※

カイルやユータが悪漢と遭遇していた頃、会場内でも騒ぎが起こっていた。

扉から入ってきたにしては多過ぎる人数。

どこからともなく現れた謎の男達に、人々はパニックに陥った。

増員されていたことが功を奏し、エヴァレット家の私兵は即座に抜刀すると、来賓達に気を配りながらも、悪漢達に立ち向かった。

だが、次から次へと現れる悪漢達に比べ、私兵の人数は少ない。

自分の身を守れる来賓もいるが、大半はそうではない。客を守りながらの状況下で、私兵はなかなか相手を制圧できないでいた。

そんな中でも彼らの士気が下がらなかったのは、エヴァレット公爵夫妻が率先して悪漢達と戦っていたからだ。

――無属性上級魔法『結界』。

長い詠唱を必要とし、更には少なくない魔力を消費する。

伊達《だて》に上級と呼ばれておらず、扱える者は限られている。

そんな魔法をパトリック・エヴァレットは、繊細な魔力操作で多数展開していた。

上手くやれば、攻撃と防御の両方に使える。

現に今、地に伏している悪漢の大半は、結界で上から身体を押さえつけられているのだ。

「兵士達は客人の方々の安全を確保せよ！　守りは私が引き受ける！」

結界の多重展開だけでも大きな負担だが、更には兵士に指示を出して、会場内を包んでいた重い空気を散らし始める。

指揮を執りながら悪漢達を制圧していくパトリックに呼応して、短くも力強い声が響きわたった。

「結界！」

長い詠唱をなしに発動されたそれは、パトリックの結界と遜色《そんしょく》ない防壁。

パトリックほど複雑な操作はできないものの、とても強固な結界だ。

想定外の出来事に、悪漢達は驚愕し身体を固めていた。

「助かる、ホレスレット卿」

「閣下にばかり負担を掛けるわけには行きませんからね」

エレノーラの魔法によって周りを牽制しつつやって来たデルバードはエヴァレット夫妻と合流し、短く言葉を交わしながら硬直している者達を広げた結界で封じた。

合流した状態であれば、自分達を覆う分の結界は一つ張るだけで十分だ。

「ではこのまま、攻め立てるとしようか。ジェニー頼んだ」

「エレナも頼めるかい」

二人は互いの妻に言葉を掛けた。

今まで育んできた時間によって、何を告げなくともユージェニーとエレノーラは詠唱を開始した。

その間にデルバードとパトリックは連携して結界を操作し、放たれる魔法を打ち消して無法者達の動きを止めていく。

（この状況で警備の増援が来ないのは遮音の結界が張ってあるからか？　いや、外で何か問題が起きている可能性も……）

パトリックは冷静に分析し、警備兵が駆けつけてこない理由を考える。

思考へ意識を割きながらも会場を見回していると、抜き身の剣を手に忙しなく動き回る少女を捉えた。

パトリックは、咄嗟に声を張り上げる。

「何をしているルスリア！　こっちへ来なさい！」

肩より少しばかり長い藍色の髪を振り乱し、どこか焦っている様子の彼女は、パトリックの言葉が聞こえていないようだ。

剣術の腕が未熟なルスリアは、次から次へと湧き出てくる悪徒達を前に、立ち往生していた。

いく。

（クッ！　数が多い……！）

ルスリアと悪徒達の距離が近い現状では、迂闊に結界で押し潰すこともできず、焦りが募っていく。

「急げ、急ぐんだ。早く駆けつけないとカイルが……！」

頻りに何かを呟いているルスリアだが、その声は誰に届くこと無く消えていく。

そんな中、ようやくユージェニーとエレノーラの魔法が完成した。

「いくわよ～！」

先に魔法を発動したのはエレノーラだ。

前方へ広げるように出された両手からは光が生成され、眩《まばゆ》いほどに輝いていた。

よく見ると、光で形成された大量の矢であることが分かるだろう。

百を超える光の矢は、彼女の「飛んでけ～！」という言葉によって、音速に匹敵する速度で悪漢達へ向かっていく。

場内のテーブルには一切触れず、緻密な魔力コントロールで操られた光の矢は、回避行動を取ろうとした悪徒達を地面に縫い付けた。

当然のように血が流れ出る……はずだったのだが、彼らはただ倒れているだけ。

デルバードとパトリックは魔法が効いていないのかと一瞬焦ったが、悪徒がピクリとも動かないことから、効果のほどは確かだ。

エレノーラに続いてユージェニーも詠唱を終え、新たな魔法が構築された。

彼女の足元から幾何学《きかがく》模様の図形が広がり、そこから勢い良くカラフルな鎖が射出されていく。

鎖が帯びている色はそれぞれが持つ魔法属性を表しており、この場に似合わない幻想的な光景を演出していた。

ひとりでに蠢《うごめ》く鎖が、逃れようとする悪漢達を捕らえていく。

幾重にも連なった鎖によって雁字《がんじ》搦《がら》めにされた彼らだが、先ほどと同様、壊れた人形のように動きを止めて地に伏す者がいる中、尚も暴れて拘束から逃げ出そうとする者もいた。

（エレナの魔法を受けた者は皆が動きを止めている。命を奪っている訳でもないのに……これは一体？）

疑問を浮かべるデルバードの目に、悪徒達の僅かな変化が飛び込んで来た。

それは黒い靄のような物。ほんの僅かな時間だが、ソレが倒れている男の身体から出ているように見えた。

「待ちなさい、ルスリア!!」

「ちょっと、お嬢様!?」

思考を巡らそうとしたデルバードの耳に、パトリックの怒鳴り声と若い男性の声が入ってきた。

反射的に声のした方へ視線を向けたところ、扉が外側から開かれており、ルスリアが会場外へ走っていくのが見えた。

出入り口付近は悪徒の数が多かったのだが、エレノーラとユージェニーの二人が放った上級魔法によって、今はほぼ制圧できている。

それに加えタイミングよく外側から扉が開かれたので、ルスリアを外へ向かわせることに繋がってしまった。

外がどうなっているのかは確認できていない。

彼女を心配して表情を強張らせるパトリックとは裏腹に、デルバードは少し安心していた。

少し前に気がついたのだが、この場にユータとカイルがいないのだ。

特にカイルがいないことに、ルスリアが気がつかないはずがない。

彼女からお義父《とう》さまと呼ばれているデルバードは、ルスリアを信頼していた。

おそらく、カイルを探しに行ってくれたのだろうと。

デルバードは、残りの悪漢達を結界で拘束しつつパトリックに声をかけた。

「閣下、子を心配する親のお気持ちは重々理解できますが、ひとまず落ち着いてください」

「……すまない、ホレスレット卿。ここが衆目の場であることを忘れていた。少々視野が狭くなっていたようだ」

娘の心配をしていたパトリックだが、すぐに貴族としての自分を取り戻した。

彼は近くにいた兵士数人を呼び寄せ、ルスリアの追跡を任せると、残りの兵士の指揮を執る。

「無法者は残り僅かだ！　守りは私に任せて一気に畳み掛けろ！」

兵達は気勢を上げ、その半数以上が前へ飛び出した。

デルバード達も魔法で支援をしており、もはや勝ちは揺るがない。

更には外からも助けが来ている。その筆頭がアミカル・リントンだ。

こうして、最後の大捕物が始まった。

※　※　※

床に横たわり、ピクピクと痙攣を起こしている者が七人。

残りは一人と一体だ。短い時間で襲いかかってきた者達のほとんどを制圧したカイルだが、油断は禁物。

さっさと決着させようと彼が動き出したその時、魔物の近くにいる男がたどたどしい言葉遣いで魔物に言い放った。

「シカタない。オマエもハタラケ」

足蹴にされた魔物は、唸り声を上げ男を睨み付けた。

「メイレイだ、アイツをシマツしろ」

続けて放たれた言葉に反応するように首輪から靄が噴き出す。すると魔物は抵抗しなくなり、悔しげに唸ってカイルの方へ身体を向けた。

だが、その場にカイルの姿はなかった。
「フッ！」
短く息を吐く音と同時に、ドサッと何かが倒れた音が鳴った。
後ろから聞こえた低い音に魔物が振り返ると、木剣を振り切ったカイルが立っていた。
「これで全員」
その足元には、最後の一人が倒れ伏していた。
先ほどの様子から、魔物は無理やり使役されていることが分かった。
命令者を気絶させれば、魔物が襲ってくることはない。
――そう思っていた。
「ッ⁉」
突如、自由になったはずの魔物がカイルに襲いかかってきた。
鋭い爪を勢い良く振り下ろす。
カイルは咄嗟に腕を動かし、辛うじて爪を木剣で防ぐことに成功した。
だが、勢いを止めることはできず、体勢を崩して床を転がってしまう。
(何故……？)
即座に立ち上がり、距離を取って改めて目の前の魔物を見る。
薄汚れているが、おそらく綺麗な白だったのだろうと分かる体毛。

食事を満足に与えられていないのか、かなり痩せているがそれでも力強さを感じる。

単純な力比べなら、今の状態でもカイルは負けるだろう。

苦しそうな表情をしている魔物は、必死に何かに抵抗しようとしている。

しかし、抗《あらが》うことができないのか、地面を力強く蹴って肉迫してきた。

「クッ！」

悪漢達の攻撃は余裕で躱《かわ》せたが、この魔物の攻撃は本当にギリギリでしか躱せない。

避け切れずに木剣を盾にしなければならないほど、相手は強力だ。

カイルは防戦一方になってしまっていた。

思考する余裕などない。

振り下ろされる爪撃《そうげき》を後ろに下がって避け、続けざまに繰り出される突進を木剣で防ぐ。

その時、魔物が頭を大きく横に振った。頭部に生えていた二本の角《つの》によって、カイルの腹部が浅く切り裂かれる。

少しずつ生傷が増えていき、痛みを堪えながらも木剣を振り回し距離を取ろうとする。

だが、魔物の身体能力は凄まじく、疲れと痛みによって余裕を失っているカイルの剣撃は容易く躱されてしまう。

ついに、剣を振ってできた隙を突かれて、魔物の角がもろに彼の腹部に突き刺さった。

「……ッ!!　ゴホッ、ゴホッ……っくっ」

吹き飛ばされ地面を転がるが、木剣だけは手放さない。

これがなくなってしまえば、いつか訪れるかもしれない挽回《ばんかい》のチャンスを失うことになるのだから。

ここまで酷使してきた木剣は徐々にひびが入ってきており、あと何回か攻撃を受ければ折れてしまう。

普通の木剣であれば既に折れていただろうが、カイルの持つ木剣はただの木剣ではない。

よく見ると刀身に何やら文字が刻まれている。

それは、ユータが刻んだ魔導言語だった。その効果が、本来なら既に折れているはずの木剣をここまで強靭《きょうじん》にさせていた。

(何度も大きな音を立てているが、人が来る気配がない)

息を整えつつ周囲に気を向けるが、自分と魔物以外の物音は聞こえない。

それどころか、会場からも一切の音が聞こえてこない。

(遮音の結界が張られているのか)

冷静に分析し魔物に視線を戻す。

この魔物から殺意は感じ取れず、それどころかずっと何かに抗っている様子だ。

しかし、隙は全くない。攻撃する余裕がないので、魔物が苦しんでいる僅かな時間を休息に当てている。

首輪からは黒い靄《もや》が度々噴き出てきて、そのたびに魔物は苦しそうに唸っている。

あれを壊せば……とは思うものの、なかなか攻撃が当たらない。

そこまで考えたところで、すぐに戦闘が再開された。

「このままだとまずいな」

彼我《ひが》の距離を一瞬で縮める突進を木剣で受け止める。

爪撃や角の突き上げなどを避け、木剣で受け止めていく内に、段々と木剣に入っているひびが深くなっていくのが分かる。

このまま戦いが長引けば、木剣が壊れるのは時間の問題だ。

魔物の表情を窺うと、依然として苦しそうだ。どうにかそれを攻撃のチャンスに変えたいが――。

その時、誰かの足音が近づいてきた。

今の今まで全く耳に入ってこなかった、自分達以外の音が聞こえてきたのだ。

「大丈夫、兄さん⁉」

「ちょっとユータ！　手、手は大丈夫なの⁉」

声の主は弟のユータだ。

その後の声は、屋敷に時折訪れていたアニス・グリントのものだと思い出す。

何故だか彼女は、焦った様子でユータの心配をしている。

「ユータか、そっちは大丈夫だったのか？」

「こっちは協力してくれた人がいたからすぐに終わったけど、そんなことより兄さんだよ！　その傷、大丈夫!?」

ユータ達がいた別室の方は既にかたがついているようで、カイルは安堵の溜め息を漏らす。

「ああ、傷の方は問題ない。問題なのはあっちだ」

カイルはそう言って、魔物の方へ顎をしゃくる。

ユータ達が来てからというもの、魔物は先ほどまでより必死な様子で、身体を蝕《むしば》む命令に抗っている。

(間違いない、あの魔物だ)

ユータは、さっきから覚えていた違和感は、目の前の魔物が大元なのだと感じた。

そして、ようやく自分の勘違いに気がついた。

(そうか、神子《みこ》が人だとは言っていなかった。……ということは、あの魔物が神子……)

そうと分かってしまえば迂闊に手は出せない。ひとまずユータは今の状況をカイルに聞いた。

「――つまり、あの魔物はおそらく、首輪によって命令を受けているだけだ」

「なるほど、それなら首輪を壊すために隙を作らせないといけないね」

ユータは何をするべきか理解した。だが、隙を作らせると言ってもそう簡単ではない。

いざという時に邪魔が入ると困るので、それを防ぐためユータはアニスに声をかける。

「アニスは安全圏まで下がって、誰か来ないか見張っていて」

アニスは心配そうにユータを見つめる。

「やけど、大丈夫なんか……さっき結界を破った時に無理したやろ」

彼女の言葉に、カイルがユータを窺うように身じろぐ。

「ん、何のことだ？」

彼は弟を見たが、当の本人はいつも通りの表情だった。

実はこの通路の近くに張られていた遮音の結界を、アミカルがやってみせたように力業で打ち破ったのだ。

その際、手を怪我したのだが、大したことはないというようにユータは口を開く。

「大丈夫だよ、って言いたいところだけど少し怪我しちゃってね。兄さんには負担をかけるけど、僕は援護に回らせてもらってもいいかな」

「ああ、気にするな。一人よりは断然楽だ。だが、本当に大丈夫なのか？」

「大丈夫、大丈夫。魔法を使うくらいなら問題ないよ」

「無理はするなよ。それじゃあ、行くぞ」

二人はほぼ同じタイミングで魔物へ走り出した。

先に仕掛けたのはユータだ。魔導手袋に刻んだ詠唱文の一つへ魔力を注ぐと、魔力を形作る。

「アクアカット！」

まだ拙いものの、打ち出された水刃《すいじん》は魔物に襲いかかる。

全ての水刃を容易く躱した魔物に、着地点を予測していたカイルがすかさず斬りかかった。

「駄目か」

全力の横薙ぎをギリギリで防がれ、距離を取られてしまう。

それから何度も攻撃のチャンスを掴んだものの、全てが無駄に終わってしまう。

万全な状態ではないようだが、目の前の魔物はとても強力だ。命令に縛られているにもかかわらず、ここまで攻撃を防がれる。

あと一撃が木剣の限界だろう。魔物をこれ以上苦しませる訳にもいかない。

ただ倒すだけなら、本気を出せば容易い。だが、それでは誤って魔物の命をも奪ってしまいかねないのだ。

素手で戦うことになれば、力の加減はできない。剣を使った方がまだ力を制御できる。だが、既に木剣は壊れる一歩手前の状態。

代わりの剣が欲しい。それも、普通の剣ではなく、魔石から作られた剣——魔法剣が。

魔法剣とは、体力回復など様々な効果を持つ、特殊な武器だ。あれがあればなんとかなるかもしれないが、そんな都合の良いことが起こるはずがない。

——そう、普通であればそんなことは起きないはずだ。

その時、カイルの耳に聞き慣れた声が届いた。

「カイル！　これを受け取るんだ！」

「ルスリア!?」

「え、ルスリア様!?」

中性的な声と共に飛んできたのは一振りの剣。

会場で聞いていたような少し作った声ではなく、彼女本来の声だ。

カイルとユータが驚いた直後に、魔物が飛びかかってくる。

もう体力を温存する必要はないと判断したカイルは、後ろ回し蹴りを放ち、魔物の側頭部に痛撃《つうげき》を浴びせた。

一撃だけなら魔物も耐えられるだろうと踏んでの蹴撃《しゅうげき》だ。

これで剣を取る時間は十分に稼げた。カイルは素早く剣を抜く。

そして抜刀と同時に、魔法剣だと気づいた。手から伝わる感覚が明らかに違うのだ。

鞘には凝った装飾が施されているが、刀身はそっけなくも見える剣。

刀身に魔力を注げば、微かに光を帯びる。

魔石によって作られた剣は魔力の流れが良く、そして魔法を発動させるための媒体《ばいたい》でもあった。

「灼熱《しゃくねつ》の炎、我が命に従いて顕現《けんげん》し舞い踊れ、魔法剣、焔《ほむら》！」

剣《つるぎ》全体が炎に包まれ、赤く燃え上がる魔法剣がカイルの手に顕現した。

魔石によってできた武器は、発動した魔法によって姿形が変わる。

それは剣であったり、斧であったり、鎌であったり、発動者の意思に合わせて自在に変化し、唱

えた魔法の属性を宿す。

赤々と燃える炎のような刀身は、カイルの魔法適性の一つを表していた。

魔法剣の特性はそれだけではない。魔法の属性によって、様々な力を得るのだ。

――カイルの魔法適性、炎であれば身体能力の上昇だ。

「ジッとしていろ。その首輪を破壊してやる」

次の一撃で決めようと、カイルは魔法剣にありったけの魔力を注ぎ込む。

しかし、魔物は待ってはくれない。カイルの魔力注入が終わる前に突進してくる。

時間を稼ぐべく、ユータが魔導具の指輪を振るった。

「アースキャノン！」

ユータの声が響くと同時に、魔物の動きが止まる。

『アースキャノン』の土塊が、魔物の足を床に縛り付けたのだ。

その隙に魔力を注ぎ終わったカイルは、全力で魔物との距離を縮め、相手の反応速度を上回る速さで炎の剣を振り下ろす。

そして、首輪が砕けた音が、静寂の中に響いた。

続いて鳴った二つの低い音は、カイルと魔物が床に座り込んだ音だ。

「はぁ……疲れた」

溜め息を吐く彼のもとに、ユータとルスリアとアニスの三人が駆け寄る。

「お疲れ様、兄さん」

「お疲れ、カイル。怪我は大丈夫かい？」

「ああ、これくらいなら平気だ。それより、会場はどうなっているんだ？」

差し出されたルスリアの手を借り、立ち上がりつつ彼は状況を聞いた。

ルスリアは改めて周りを確認した後、答える。

「ここに倒れているような奴らが会場の方にもいるよ。だけど、そっちの方は大丈夫かな。君のご両親と父上達が率先して制圧しているからね」

どうやら、ホレスレット家とエヴァレット家が対処しているらしい。安堵したカイルは肩の力を抜いた。

だがユータは、まだ制圧中というのが気になっていた。

「でも、一応僕達も応援に駆けつけた方が良いんじゃない？」

「そうだな、終わってはいないのだろう？」

カイルがユータの意見に同意し、ルスリアに聞いた。

「そうだけど、予《あらかじ》め増員していた家の私兵も来たし、僕達の出る幕はないんじゃないかな。取り敢えず、そこに倒れているのを捕縛してから会場に行こうか」

少し離れた所で倒れている者達を見た後、ルスリアは近くで座り込んでいる魔物に目を留める。

それを見たカイルが、彼女より先に口を開いた。

「ああ、コイツは大丈夫だ。首輪によって奴らに操られていただけだからな」

「そう、なら良いけど。でもこのまま置いて行くのもね……」

その言葉の後、カイルの隣で身体を休めていた魔物が立ち上がった。

カイル達を見つめる視線からは、通常の魔物とは違う知性の光を感じる。

まるで、こちらの言葉を理解しているような。

少し思考を巡らせた後、ルスリアは腰を低くして視線を合わせ、右手を出しある言葉を放った。

「ふむ……お手」

バシンッ、と魔物は彼女の手をはたき落とした。

「……カイル、ちょっとその剣貸してくれない？」

「いや、今のは明らかにお前が悪いだろ。ペットじゃないんだから。馬鹿なことしてないで早くホールに戻るぞ」

不満顔のルスリアは、その恨みをぶつけるように倒れている悪漢達を魔法で拘束し、通路脇に積み上げた。

大人しく四人と一体は会場に向かう。

(さて、神子と合流できた訳だが、なんと言えば良いものか)

ユータは頻りに魔物に視線を向ける。

言葉が通じるなら「君って神子？」と聞きたいところだが、違ったらいらぬ混乱を招きかねない。

もし魔物が喋《しゃべ》れて「神子って何？」などと言い出したらあとが大変だ。

ユータがあれこれ考えて逡巡していると、魔物の方からユータに身体を寄せてきた。

魔物も自分と同じように、どうしたらいいのか分からないのだとユータは感じた。迷いを振り払い、思い切って小声で聞く。

「僕らの言葉って理解できる？」

唸り声を上げて魔物は頷く。

念のため、もう一度同じことを聞くと同じ反応が返ってきた。

これは本当だと確信したユータは、本題に入る。

「神子って知ってる？」

しかし、そう尋ねたところ、今度は首を傾げる。

「あれ、えっとじゃあ、神様って会ったことあるかな」

次の質問には肯定の頷きが返ってきた。そうしていくつか質問したところ、以下のことが分かった。

神子のことは知らず、神様には会ったことがある。

言葉は分かるが人の言葉を喋ることはできず、ユータのことは事前に知らされていたらしい。

そのように一人と一匹がこそこそ話している中、振り返って全員が付いてきていることを確認したカイルはふと思い出した。

「そうだ。聞き忘れてたんだが、ルスリアはどうやって俺の所に来ることができたんだ？　推測だが、会場は遮音の結界で覆われているだろ？」

「あれ、そうなの？　僕にはカイルがお前ら何者だ、って口にした声が聞こえていたけど？」

すぐにでも駆けつけたかったんだけど、邪魔が多くて――とごちゃごちゃ言っている彼女の言葉は右から左へ通り抜けた。

会場でも騒ぎは起こっている。だが、その音は全くと言っていいほど聞こえなかった。つまり、遮音の結界は確実に張ってあるだろう。

更には会場からカイルがいたトイレ付近までの距離は、それなりにある。全力で走ったとしても数十秒は掛かるはずだ。

それなのにルスリアには聞こえたなんて奇跡か勘違いか、怪奇現象か……。

カイルは何も聞かなかったことにして、会場に戻る足を速めると、助けに来てくれた数人の兵士達と鉢合わせした。その彼らと共に、会場へ戻っていく。

ユータ達が会場に戻ると、パトリックが勝利を宣言し、皆が勝《か》ち鬨《どき》を上げていた。悪徒は捕らえられ、床に転がされている。

無事に終わったことを喜ぶ空気が場内に充満したが、実は何も解決してはいない。

そのことを告げるように、捕らえた悪徒達の身体から黒い靄が漏れていた。

第三十三話　影の目的

舞踏会の会場が騒ぎに包まれていた頃、同じく王都に建っている豪華絢爛《ごうかけんらん》なベルサリア城内に、複数の〝影〟が警備の目を掻い潜って侵入していた。

先頭を歩く影の一人が、曲がり角から先を窺い、指を立てて後方に合図をする。

時間が遅いこともあり、城内の明かりは乏《とぼ》しく視界は悪い。

しかし、その中でも指で出した合図を視界に捉えられるのは、ひとえに魔法の力によるものだ。

無属性の、暗視に近い効果を得られる魔法のお陰で、影達の視界は昼間のように明るい。

足音や呼吸音を殺し、暗闇に紛れて動く彼らは、まさしく闇そのものだ。

等間隔に設置された微かな魔法の明かりは、彼らを照らし出すことはできない。

光があれば必ず影が生まれる。そして彼らは、影が存在することで効果を増す、姿を隠す魔法『影縫《かげぬ》い』を使っているのだ。

これらから察せられるだろうが、彼らは後ろ暗い目的のためにベルサリア城に侵入している。

今は多数の貴族達が集まり、襲撃を受けているエヴァレット家に注目が集まっている。

そうなれば必然的に、他の場所への注意は逸れる。

しかも、舞踏会を襲撃した者達には、随分前から不審な行動や、人々の耳目《じもく》を集めるような動きをさせてある。

結果、王城勤めの兵も治安維持のために街に駆り出され、王城の警備は手薄になっていた。

それなりに腕の立つ者達を送り込んだが、結局はただの陽動。仮に男達が捕まったところで、痛くもかゆくもない。捕らえられた際の策も用意済みだ。

この作戦の本命は影達である。

彼らはこの任務の成功を疑っていない。

それほど自分達の腕に自信を持っている。何らかのイレギュラーが発生したとしても、誰か一人が目的を達成すれば良い。

影達は音を立てずに三階への階段を上がり——彼らにとって最悪なイレギュラーと相対した。

「それ以上は進まない方がいい」

影達の進む先——通路に、いつの間にかローブを纏った男性が立っていた。

先ほどまでは気配すらなかったはずだが、ローブの男性は初めから通路の真ん中にいたかのように佇んでいる。

突然降ってきた言葉に影達は一瞬気を取られたが、即座に次の行動へ移った。

数人の影達がボソボソと小さく詠唱文を唱え、集団で一つの魔法を発動する。

主に儀式で使用される集団詠唱は、複数の魔力を一つにまとめる詠唱法だ。

詠唱者全員の魔力量を一定に揃えた上で、詠唱速度も呼吸すらも揃えるような精度でなければ発動しないのだが、彼らは容易くこなしてみせた。

幾何学模様の魔法陣が展開され、そこから黒い靄が凄まじい速度で放たれた。

この間、僅か数秒である。

「なるほど、腕は立つようだ。だが――」

通路を走る靄は、彼を呑み込まんと更に勢いを増す。

壁に配置されていた明かりは、靄に触れたことで、台を残し消えてしまった。

「児戯《じぎ》に等しい」

つい先ほどまで通路を走っていたはずの靄は、彼が言葉を吐いた瞬間に霧散《むさん》した。

何をしたのか、魔法ならばいつの間に発動したのか、一人で自分達の魔法を消したのか。

影達の顔に驚きが浮かぶが、足を止めたまま考え込むような真似はしない。

影の半数は、纏っている黒衣の内側からそれぞれが得意とする武器を取り出し、地面を蹴った。

後方では残りの影達が新たに魔法の詠唱を始めている。

数は力だ。ローブの男一人に対し、影達は十数人もいる。

しかし、戦況が変わらないまま、影達は一人また一人と倒れていく。

影達はローブの男というイレギュラーに対し、倒されることしかできない。

だが、時間稼ぎには成功していた。

ベルサリア城に侵入している影は合計で二十五人ほどいる。

その半分が現在、ローブの男と戦闘を行っていた。

この場にいるのは残りの影達だ。

成人男性と同じくらいの身長に見えるが、全身が黒い靄に隠され、明かりの乏しい中では上手く視認できない。

はっきり捉えたとしても、その姿は黒い人影にしか見えないだろう。

それが、彼らの姿だ。

壁に等間隔に設置された明かりは、彼らと近しい影を生み出す。

影は闇属性魔法『影縫い』の効力を増加させ、自身を暗闇のベールで覆い隠した。

城内は常時兵士が巡回しているのだが、彼らの目を掻い潜るほどに、影達は闇に溶け込んでいる。

それ故、ベルサリア城の地下への階段に辿り着くのは容易だった。

中には気づく者もいたが、気絶させるか魔法によって眠らせ、騒ぎになる前に対処している。

そうして速さだけを求めて行動しているのは、ローブの男の存在があるからだ。

上の階ではまだ戦闘が継続中だが、いつ終わって奴が降りてくるか分からない。

このままでは、真の目的が達成できない可能性もある。

彼らは相当焦っていた。

足早に行動する影達は、見張りの兵士を素早く制圧すると階段を駆け下りていく。

辿り着いた先では、より厳重な警備がなされていた。

しかし、影達は立ち止まることなく突き進み、待機していた兵士達を行動不能にすると、鍵束《かぎたば》を奪い取る。

ここは、城の地下の宝物庫。

一人の影が鍵を使って目の前の扉を開く。

そして、中へ入ると様々な貴重品や財宝がある中、迷わず奥へ進み、一つの球体を見つけた。

宝物庫の奥の台座の上に、黒い球体が置かれている。

これが、影達の真の目的だった。

影の一人がおもむろに球体へ手を伸ばした直後、その姿が掻き消えた。

しかし、彼らは動揺しなかった。そもそも、ここにいる彼らには顔というものがないのだ。

一人の影が消えたことで、彼らは黒い球体の置かれている状態を把握した。

球体は今、闇を祓《はら》う光の結界に包まれている。

これに触れようとすれば、先ほどの影と同様消えてしまうだろう。

それを理解した上で、残りの影達はそれぞれ異なる方法で球体の破壊を試みた。

とある影は武器を使い、またとある影は魔法を使用し、残る影達も他とは異なる方法を試した結果、最終的に黒の球体を粉々に砕くことに成功した。

それと同時に城内、城外問わず影達がその場から消えた。

第三十四話　騒動の終わり

制圧して拘束までしていたはずの悪漢達が、いつの間にかその姿を消していた。

目を離した訳ではないが、刹那《せつな》の時間でその場からいなくなっていたのだ。

それ故、少し前までは混乱と動揺が会場を包んでいたのだが、今は落ち着きを取り戻しつつある。

彼らが消え去った後には黒い靄が僅かに漂い、少ししてそれも消えていった。

このようなことが起きてしまったのだから、舞踏会としては残念な結果だろう。エヴァレット家に非はないと思うが、それを他の貴族達が認めるかどうか。

そんな中、エヴァレット公爵が舞踏会の終了を宣言した。

それを契機に、貴族達は次々と会場の外へ出ていった。エヴァレット家の私兵が帰りの護衛を務めている。

そうして人が少なくなってきた頃、いきなり地上から一メートルほどの中空に、ローブを纏った人が現れ地面に降り立った。

「突然の転移失礼するよ」

声から察するに性別は男性で、歳は父さんと同じか少し上だろう。

フードを深々と被っており、顔を窺うことができない。

「やあ、デルバード。前に送った本は役に立っているかな？」

彼は辺りを見回し、父さんを見つけるやいなや話しかけた。

二人は知り合いなのだろうか。

「ハンスか。君からもらった魔導具専門書はとても役に立ったよ」

「そうだろう、そうだろう。何せこの私が丹精《たんせい》込めて書き上げた物なのだからな！」

父さんはローブの男性をハンスと呼んだが、その名前に聞き覚えがあった。

確か魔導具に関する書物の著者が、ハンス・アルペラードさんだったはず。もしかすると、この人がそうなのだろうか？

確かめるように注視していると、ハンスさんが突然大きな声を上げた。

「ん、その指輪！　ちょ、ちょっと見せてくれないか！　ていうかそのブローチと服も!?　もしかして君が作ったのか!?」

「見せるから一旦落ち着いてくれ」

「早く！　早く服を脱げ！」

「誤解されるような言い方をするな！　脱がそうとするのもやめてくれ！　全く、傍から見れば変態か蛮族《ばんぞく》だぞ」

どうやら父さんの身につけている魔導具を目にして驚いたらしい。

少し離れた場所からでも、ハンスさんが興奮している様はよく分かる。

父さんが魔導具を渡すと、彼は「すごいすごい」と繰り返し始めた。

舐めるように魔導具を見ているハンスさんに少し引いていると、アニスの声が聞こえた。

「えらいおかしな人やな」

「あれ、アニス。もう帰ったのかと思ってたよ」

「いや、ウチも帰ろうとしてたんやけど、その前にお父さんがポンプについて公爵様とお話がある言うてな。もう少し残ることになったんや」

あの商売根性は見習わなあかんな、と付け加え、彼女は僅かに笑みをこぼす。

少し前に騒動があったと言うのに、いつもの調子を取り戻しているようで何よりだ。

「そういや、あの白い魔物は何処に行ったんや？　見当たらへんけど」

思い出したように、悪漢達から助けた白い体毛の魔物――神子のことを聞いてきた。

「ルスリア様がパトリック様に保護するよう掛け合ってくれたんだ。今は身体を洗ってもらっているか、食事を取っているんじゃないかな」

「仮にも魔物なんやけど、えらい寛容やな。言葉を理解してたんが良かったんかな」

神子の様子を思い出したのかアニスは納得したように頷き、言葉を続ける。

「そんで結局連れて帰るん？」

「うん、このまま放っておく訳にはいかないからね。それに、ペットを飼いたいって思ってたから丁度良かったよ」

神子だと分かった以上、このままにはしておけない。

既にそれらしい理由をつけて、連れて帰りたいと父さんと母さんに相談してある。二人は少し渋ったものの、結局了承してくれた。

その話をした時、父さんは「なるほどね」と小さく呟いていたのだが、自分が急遽王都に行きたいと言い出した理由がこの魔物だと察したのだろうか。

だが、変に詮索してくることはなかった。

「おっ、あの人ってユータと一緒に戦ってくれた人やなかったか？」

彼女が指さした方を見てみると、そこでは兄さんとルスリア様、アミカルさんの三人が話をしていた。

耳を澄ましてみると、ルスリア様がアミカルさんにお小言をもらっていた。

兄さんはそれを傍観しているといった様子だ。

先ほど知ったのだが、アミカルさんはエヴァレット家に雇われている元冒険者だとか。

それならあの強さも納得できる。

話し声を聞く限り、アミカルさんはルスリア様に剣術の指南をしているらしい。

「おーいアニス、商談が終わったからそろそろ帰ろうか」

離れた所で話をしていたオビディオさんが、手を上げてアニスを呼ぶ。

どうやらアニスとはここでお別れのようだ。

「ほな、先に帰らせてもらうわ」

別れの挨拶を交わし、手を振って見送った。

そろそろ自分も宿に戻って身体を休めたいと思っていると、いきなり両肩を掴まれた。反射的に顔を上げると、目を充血させ興奮冷めやらぬといった表情の男性の顔が、視界いっぱいに映った。

「きぃ、君が魔導具を作ったというのは本当だろうか!? 君が、きき、き、きみきみきみがぁ！」

「落ち着けと言っただろう！ うちの息子を怖がらせるな！」

驚いて固まっていると、父さんが目の前の男性を羽交《はが》い締《じ》めにして遠ざける。

……びっくりした。あまりに怖いと、上手く言葉が出てこないものなんだな。

「す、すまない！ 嬉しさのあまりつい我を忘れてしまった……申し訳ない」

彼は頭を覆っていたフードを取って、謝罪する。

彼の顔はとても若々しく、二十代前半で通じるほどだ。

父さんと仲が良かったので、もう少し上の年齢かと思っていたのだが、違ったのか。

「なにとぞ！ なにとぞ、その知識を私にお教え願えないだろうか！ 私にできることならなんでも致します！ その知識を教えてくださるのでしたら奴隷《どれい》のように扱ってもらっても構いません！ ですからなにとぞ！ なにとぞ魔導言語の知識を教えてください！」

頭を下げて来たかと思いきや、段々興奮してきて膝をつき服を掴んでくる。

あまりの迫力に、思わず了承してしまった。すると今度は飛び上がって喜び始めた。

これほどの熱意と狂気じみた魔導具への愛。間違いない。彼がハンス・アルペラードその人だ。

しかし、彼ほどの人物に自分が教えられることなどあるのだろうか。むしろ教えてもらいたいくらいなのだが……。


不安が押し寄せるが、既に了承してしまったのだから腹をくくるしかない。

また、ハンスさんと会う時に、詳しいことを話し合おう。


でも、今はとにかく。

「早く帰って休みたい」

ここのところ、濃い出来事が続き過ぎて疲れた。

帰ったら目一杯休むとしようかな。

※　※　※

あの後、自分達は王都で一日過ごして都市エーベルに帰ってきた。

王都での事件は依然として解決しておらず、まだ調査が進められている。

白い体毛の魔物——名をドラウクロウと言うらしい——は屋敷に連れ帰っており、今は療養中だ。

そんな中、屋敷に戻ってすぐに、自分は神様へ報告するため記憶の図書館を訪れていた。

「お待ちしてましたよ。実はユータさんに朗報があるんです」

図書館には既に神様がいて、自分を見るとすぐに声をかけてきた。

「朗報？　一体何でしょうか？」

思い当たることがなく、首を傾げながら続きを促す。

「実はですね、上に掛け合ってユータさんの世界の様子を見られるようにしたんです。つまり前世のお子さん達の様子を知ることができるという訳ですね」

「……えっ、それは、本当ですか？」

驚きのあまり、一瞬言葉を失ってしまった。

前世の家族の状況を知ることができる。その言葉の意味は理解できるが、まるで実感が湧かない。

「本当ですよ！　ユータさんは気づいてなかったかもしれませんが、ここで本を読んでいる時、前世のことを色々と話していたんですよ」

前世のことについて話していた……？　気づかなかった。いや、気づかない振りをしていたのかもしれない。

こうして生まれ変わって今は新しい家族がいるのだから、もう前世のことは吹っ切っていたと……吹っ切れたのだと、そう思っていた。

だけど、実はまだ心残りがあったのか。未練はないと思っていたのは、ただの強がりだったらしい。

「それじゃあ、早速これに映し出しますよ」

神様が取り出したのは、人の顔よりも大きい透明な球体。神様がその球体にもぞもぞと何かをした瞬間、懐かしい景色が球体に映し出された。

「まだ、その家に住んでくれてたのか」

時の流れがこちらと同じなのかは不明だが、前世で購入したマイホームの居間には、少しばかり年を取った家族がいた。

皆は思い思いに過ごしており、娘夫婦は仲良く談笑している。とても、とても楽しそうに生活をしている光景を見ていると、不意に視界が歪んだ。

「良かった。本当に良かった」

ふと頬に触れた時、手の甲に水滴が付着したのが分かった。反対の頬にも触れてみると、そっちも同様に濡れている。

そうして、自分は涙を流しているのだと知った。心は落ち着いているが、流れる涙は収まる様子がない。

自分がいなくなった後も健康に過ごしている家族を見て、安心したのだろう。

それがただ嬉しくて、そして言葉を伝えられないことが申し訳なくて、ただ涙を流すことしかできない。

だけど、自分はこうして新しい人生を歩めている。そして、自分にはやらなくてはならないことができた。

ずっと過去に囚われていたのでは前に進めない。流れる涙を手で拭い、膝をつき頭を垂れると神様に告げる。

「このような機会を与えて頂きましたこと、感謝致します」

笑みを浮かべて言葉を受け止める神様に、語気を強めて言葉を続ける。

「湖上優太、改め――ユータ・ホレスレット。神子を導く御役目、誠心誠意務めさせて頂きます」

「いや、ちゃんとした場なのに、ほんと、ね。申し訳ないんですが……おえっ」

先ほどまで浮かべていた笑みを崩し、神様はえずき始めた。

一瞬で顔色が真っ青になり、自分と同じように膝をつく。

「貴族様にそのような態度を取られると……うっ、吐きそうに、なるんで。頭を上げてもらっても……」

「すみません！　大丈夫ですか!?　もう頭上げましたから！　ほら、一旦横になりましょうか。大丈夫ですよ。さあ、深呼吸を――」

真剣な雰囲気だったはずだが、なんとも締まらない。だが、こういう緩い雰囲気の方が良いのかもしれない。

仰向けに寝かせて、前にも施したツボ押しマッサージを行いつつ、こんな機会をくれた神様にもう一度、「ありがとうございます」と感謝した。

Ohitoyoshi shokunin no Burari Isekai Tabi
お人好し職人のぶらり異世界旅
電電世界
DENDENSEKAI
借金返済から竜退治まで、なんでもやります
世話焼き職人!
ネットで大人気!!
お助け職人の異世界ドタバタ道中
始まり始まり!
電気工事店を営んでいた青年石川良一《いしかわりょういち》は、不思議なサイトに登録して異世界転移した。神様からチートをもらって、ぶらり旅する第二の人生……のはずだったけど、困っている人は放っておけない。分身、アイテム増殖、超再生など神様から授かった数々のチートを駆使して、お悩み解決。時には魔物を蹴散らして、お助け職人今日も行く!
お人好し職人のぶらり異世界旅
電電世界
DENDENSEKAI
借金返済から竜退治まで、なんでもやります
世話焼き職人!
困った時は俺を呼べ!
アルファポリス
お助け職人の異世界ドタバタ道中、始まり始まり!
●定価:本体1200円+税　●ISBN 978-4-434-24340-0　●Illustration:シソ

ネットで話題沸騰！
アルファポリスWeb漫画
面白い漫画が毎週読める!!
アルファポリスCOMIC
ゲート GATE
自衛隊　彼の地にて、斯く戦えり
原作：柳内たくみ
漫画：竿尾悟
原作：秋川滝美
漫画：しわすだ
居酒屋ぼったくり
原作　朝比奈和
漫画　堀代しやも
転生王子はダラけたい
異世界ゆるり紀行
子育てしながら冒険者します
原作　水無月静流　漫画　みずなともみ
原作　蛍石　漫画　彩乃浦助
じい様が行く
An Oldman in Counterworld.
人気連載陣
● THE NEW GATE
● 月が導く異世界道中
● のんびりVRMMO記
● 転生しちゃったよ（いや、ごめん）
● 最強の職業は勇者でも賢者でもなく鑑定士（仮）らしいですよ？
● 異世界に飛ばされたおっさんは何処へ行く？
● 素材採取家の異世界旅行記
and more...
原作　椎名ほわほわ
漫画　六堂秀哉
とあるおっさんのVRMMO活動記
原作：金斬児狐
漫画：小早川ハルヨシ
Re:MONSTER リ・モンスター
選りすぐりのWeb漫画が無料で読み放題！
今すぐアクセス！
アルファポリス 漫画
検索
アルファポリスアプリ
スマホでも漫画が読める！
App Store/Google play でダウンロード！

悠木《ゆうき》コウ
島根県出身。声フェチで、バイノーラル音声を聞くのが日課。歌うことが好きだが、音程を何処かに落としてきてしまった。2017 年 5 月より Web 上で本作『世話焼き男の物作りスローライフ』を連載開始。人気を博し同作にて出版デビューを果たす。

イラスト：又市マタロー
https://www.pixiv.net/member.php?id=7335397

本書は Web サイト「アルファポリス」（http://www.alphapolis.co.jp/）に投稿されたものを、改稿、加筆のうえ、書籍化したものです。

世話焼《せわや》き男《おとこ》の物作《ものづく》りスローライフ

悠木コウ

2018年 6月 3日初版発行
2018年 6月14日 2刷発行
編集－矢澤達也・宮本剛・太田鉄平
編集長－塙綾子
発行者－梶本雄介
発行所－株式会社アルファポリス
〒150-6005 東京都渋谷区恵比寿4-20-3 恵比寿ｶﾞｰﾃﾞﾝﾌﾟﾚｲｽﾀﾜｰ5F
TEL 03-6277-1601（営業）03-6277-1602（編集）
URL http://www.alphapolis.co.jp/
発売元－株式会社星雲社
〒112-0005 東京都文京区水道1-3-30
TEL 03-3868-3275
装丁・本文イラスト－又市マタロー
装丁デザイン－AFTERGLOW
印刷－大日本印刷株式会社

価格はカバーに表示されてあります。
落丁乱丁の場合はアルファポリスまでご連絡ください。
送料は小社負担でお取り替えします。

ISBN978-4-434-24463-6 C0093